「――お、おまたせ、悠也」

幼馴染で婚約者なふたりが恋人をめざす話

OSAKON

osananajimide konyakusyana futariga koibitowo mezasuhanashi

夏真っ盛り！
旅行先で海と温泉を大満喫！

「――やっぱり、私はあの頃から
悠也が一番だったって、分かった」
「……ああ、あの時の事か」
鮮やかな花火の光に照らされ、
微笑みながら告げられた言葉。
一瞬、完全に眼と心を奪われたが……
なんとか、返事を絞り出した。

幼馴染で婚約者なふたりが恋人をめざす話 3

緋月 薙

HJ文庫
991

口絵・本文イラスト　ひげ猫

OSAKO
osananajimide
konyakusyano
futariga koibitowo
mezasuhanashi

contents

序章 ∨∨∨ 変わって戸惑って？

「美月〜？　――あれ、居ない……はずは無いよな？」

夏休みも1週間以上が過ぎた7月下旬、ある日の昼前。

『自室でやる事がある』と言っていた美月に用事が出来たため、メッセージに『もう少ししたら、ベランダ通ってそっち行く』と連絡した上で、こうして来たのだが……？

呼びかけても返事が無い。だが、もし外出しているならベランダのガラス戸も閉まっているはず。という事は……自分の部屋に居て聞こえていないか、もしくはお手洗いか。

――ここで待っていてもいいんだが……声掛けてみるか。

そう決めて、美月の部屋に向かい。ドアの前に立ってノックをして――

「――美月、居るか〜？」

『――ゆ、悠也っ⁉　わっ、ちょ――今は……あー、もういいやッ‼　ある意味ちょうど良いし、今行くよっ！』

……なんだか、とってもタイミングが悪かったらしい？　それとも良かった？

慌てた様子の声と音の後――開き直った様に言った美月が、ドアに近づいて来る音。

そして、ドアが開き――

「あ、あはは……悠也、どうしたのっ？」

「ああ。午後に出かけるのと、ついでに昼飯の――」

少し頬を紅くして、半ば勢い任せの様に言う美月。

それを疑問に思いつつも、その顔を見ながら話し始め――全身を見て言葉を止めた。

「…………美月さん。その恰好は、なぜに……？」

「あ、あははははは……」

開き直り気味に、それでも少し恥ずかしそうに誤魔化し笑いをする美月。

それを見る俺は――不意打ちの『生肌』に、不覚にも動揺し……顔が熱くなってきているのを自覚している。

部屋から出て来た美月の恰好は――なぜか水着姿だった。

「ほ、ほら！　私たちの誕生日に、海行くでしょ？　だから水着どうしようかな～って考えていたら、ちょっと去年の水着を着てみようかなー、ってなって……」

「あ、あー、なるほど……？」

8月7・8日は、それぞれ俺と美月の誕生日。

ほぼ毎年その頃には、お互いの家族と親しい人たちで、父さんの会社の保養施設に行く。某有名観光地の近くながら利用者専用のビーチ付きなので、気心が知れた面々と海を楽しむのが、恒例行事となっている。

と、思い返してみれば。美月が着ているのは、確かに見覚えのある水着で。

一応はセパレートタイプの水着だが、露出はそう多くなく、装飾もシンプル。

それこそ『家族で海水浴に行く際の水着』としては、実に相応しいという印象。

そんなわけで。水着とはいえ、そこまで色っぽい恰好ではないのだが――

「――ところで悠也？　私も、ちょっと訊きたいんだけど……」

「……なんでしょうか、美月さん」

状況を説明した事で気を取り直せたのか、美月は少し落ち着いた様子で――だけど『意外なモノを見た』とでもいうような表情で。

一方の俺は――何を訊かれるか見当は付いているため、軽く視線を泳がせながら。

「――去年も見た水着なのに、なんでそんなに真っ赤になってるの……？」

顔が熱いのを自覚するくらいには、激しく動揺している俺でした。……視線を泳がせているのは動揺のせいではなく、水着姿を直視できないからデス。

「……多分、心情と状況が異なるからだと思いマス」

今は詳しい理由の説明はしないが――それらが無くとも美月は素材が良いため、シンプルな水着でも十分な破壊力。

しかも当人も少々恥ずかしいらしく少し頬を赤くし、身体を隠そうか迷って軽くモジモジとしながら、隠していないという状況。

健全な男子高校生として、これでノーダメージは無い。

「……予想外に激しく動揺しているみたいだけど――ところで、何の用で来たの？　急ぎの話なら私、バスタオルでも巻こうか？」

「いや、急ぎではないし、一旦出ていくから着替えて――ん？　家の中なのに、タオル巻いて着替えたのか？」

「――だって。誰も見ていないにしても……お風呂場以外で全裸になるの、ちょっと恥ずかしかったんだもん」

恥ずかしそうに視線を逸らしながら、そう言う美月。

普段は大雑把な様に見えて、こういう場面での羞恥心は高めで、ガードはかなり堅かったりする。

そして、そういうのを再認識すると――俺には無防備な姿を見せる事が、より嬉しく思ってしまうわけで。……最近は特に。

「……悠也？　聞いてるー？」

「っ!?　わ、悪い、ちょっと考え事してた。……それで、タオル巻くかって話だったよな？　それは――」

感慨に浸り、少しボーっとしていた俺の顔を、覗き込むようにしていた美月。

接近していた顔と顔に、また軽くドキリとしたが、なんとか誤魔化し。

今の水着の上に、バスタオルを巻いた姿の美月を想像……し――あれ？

――ビジュアル、逆にもっとヤバくね？

……バスタオル巻いた方が、水着姿よりも逆に生々しさが増しそうな気がします。

「――すみません。一旦戻るんで、着替えてからお越しいただけますか？　用事は、特に急ぎでも重大でもないので」

「それはいいけど……なんでそんな敬語に？」

メンタル的に大打撃を受けて、今は完全服従な状態だからです。

「あー、うん、悪い。とにかく今は戻る。じゃあ！」

そう言って、俺は逃げ出すように美月の部屋を後にした――

……こんな感じで。この前――夏休み初日の件があって以降、美月への耐性が日に日に落ちている気がする俺だった。

――しかも。それに悪い気がしないのが、尚更タチが悪いんだよな……。

◆

◆

「――で？　さっきの動揺っぷりは、なんでだったの？」

そんな声は俺の背後――というより、ほぼ頭上から。

いつもの部屋着に着替えてから俺の部屋に来た美月だが……すぐさまソファに座っている俺の背後に回り込み、抱きつく様にのし掛かり、どこかご機嫌な様子で。

「……単に『部屋の中で水着』っていう、予想外な不意打ちのせいですが何か？」

「んー。でもさっき『心情と状況が異なるから』とか言ってたよね？　不意打ちは『状況』の方だとして――『心情』の方は？」

……しっかり覚えておられた。

そして楽しげな――嬉しそうな雰囲気から察するに、『心情』の方の理由も予想は出来ているのだろう。その上で『言ってほしい』と。

「――去年はまだ『家族』っていうか、『親しみ』の方が強かったんじゃないか？　それが最近の諸々で、何と言うか……その、意識改革があったんじゃないか、と……？」

……開き直って堂々と言おうと思っていたのに、後半はしどろもどろになりました。

美月から俺の顔は見えづらい事を、少し助かったと思っていると——背中に掛かる重さが少し増して、ご機嫌な声が。

「ん～、もう一声、言って欲しいかな～？　『もっと好きになったから』とか♪」

「……やかましいです。——そういう美月も、部屋から水着で出て来るときに『ある意味ちょうど良いし』とか言ってなかったか？」

……少し『言い直すか否か』を考えたが、よりキビシイ気がしたんで誤魔化す方向にシフト。俺も気になっていた事を訊いてみた。

「あー、それかぁ……。うん、まぁ大した理由じゃないんだけどね？　実は新しく水着買おうと思ってるんだけど、どんなのにしようかって、意見聞きたかったんだよ」

「ああ、買い替えるのか？　アレはアレで良かったと思うけど」

「うん、それは悠也の反応を見たら分かったけど……ちょっと、胸キツいし」

「あ、あー……そういう？」

少し恥ずかしそうに言った美月に、たしか先月『カップが上がった』とか言ってたのを思い出し——思わず先ほどの水着姿と、現在進行形で背中に押し付けられているモノに意識が向いてしまい……少々落ち着かない気分に。

だから、さりげなく美月の手を解いて脱出を——と考えたが。

それより先に、俺に抱き付く腕の力が、少しだけ強くなって。

「……それに。今年は、ちょっと可愛いの見てもらいたいし♪」

冗談めかした明るい口調。

でも、それが本心なのは、抱き付く腕からも伝わってきて。

「――基本的に大歓迎だが……露出が多過ぎるのはナシでお願いします」

「あはは、了解♪　理性が飛んじゃうから？」

楽しそうに、俺の頬を突っつきながら言ってきた。

ここで、また誤魔化そうかとも思ったが……今度は、本音で返す事にした。


「それもあるけど……そういう姿を、俺以外の男に見せたくない」


「っ、あ、あはは……もぅ仕方ないなー。悠也はヤキモチ妬きだもんね～」

美月は誤魔化す様に言いながら――いったん俺から離れ。

ソファの、俺から少しだけ間を置いた隣に座ってきた。

その横顔を見ると……少し頬が赤くなっているのが、照れくさいやら嬉しいやらで。

「えーっと、それで悠也？　結局、さっき私の部屋に来た用事、何だったの？」

少しだけ落ち着かない沈黙が流れた後、気を取り直す様に訊いてきて。

それで、当初の目的を思い出した。

「――ああ、そうだった。……今日の午後、大河と少し出かけて来るから。夕飯の買い物以外に、何か買い物とかあったら買ってくるけど？」

「あ、そうなんだ？　んー、でもいいや。――お昼の時に言おうと思っていたんだけど、私も出かけるから。雪菜とウチの実家に。買い物はその時にするから大丈夫」

「ああ、そうなのか。……帰りは何時頃に？」

「んー、そう遅くはならないと思う。夕飯には間に合わせるつもりだけど――悠也も出かけるなら、夕飯は何か買ってこようか？」

「いや、大丈夫。もう仕込みは終わらせたから」

今日の夕食の当番は俺。

諸々の下処理は終わらせてあって、そのついでに昼食の準備も少しやってある。

さっき美月の部屋に行った際に、その昼食の話もしようと思っていた。

「そっか♪　じゃ、悠也のご飯、楽しみにしてる～」

「はいはい。んじゃ、出かけたら――午後は夕飯まで別行動か」

「――うん、そだね」

別に俺と美月は、毎日・四六時中ずっと一緒に居るわけではない。

今回の美月の様に実家に行ったり、友人と遊びに行ったりもする。家に居るにしても、各自の部屋で家事をしたり、それぞれの趣味関連の事をしたりと、別行動は多い。

それでも――夏休みに入ってから、別々に外出というのは初めてなわけで。

「「…………」」

無言で、しんみりとした空気が流れ――

「「――って！　なんでこんな事でしんみりしてんの!?」」

我に返り、空気を吹き飛ばす勢いで口にしたツッコミ台詞が、見事にハモった。

「あ、あーっと、美月は何をしに実家に!?」

あの程度でしんみりしてしまった事に加え、ハモってしまった事も気恥ずかしく。

そんな動揺を誤魔化すため、おそらく俺と同じ理由で赤面している美月に訊くと――

「っ！　あ、と、透花義姉さんのお仕事が一区切りついたらしいから、また女子会っぽい事をしようってなって——そういう悠也は何をしに出かけるの⁉」

「っ⁉　い、いや、ちょっと買い物だな！　ただ少し遠出するからってだけでッ‼」

俺に訊かれ、なぜか更に動揺した様子。そして美月からの返しで、俺も更に動揺。

……いや、別に疚しい事があるわけではない。疚しい事ではないのだが——ちょっと、まだ美月には知られたくない用事を済ませるつもりだからで。

そして——美月の動揺の仕方が、俺と似た感じなのが気になる。

もし俺と似た原因なら、心配する様な事ではないだろう。

しかし。そうなると……美月がここまで動揺している理由が、いまいち絞り切れない。

そして——気のせいか、最近こういう『美月の意図を読みきれない』といった事が増えている様に思う。

……心配はしていない。不安なわけでもない。ただ——少し不満なだけで。

「と、ところで悠也？　今日は雪菜や透花義姉さんと、水着の事も話すんだけど——」

「——ん？　ああ、そうなのか」

美月が、なんとか気を取り直しながら話しかけてきた。

考え事の最中だったため、適当な返事をしながら、美月の方を見ると――

――美月さん、そのイタズラっぽいニヤニヤ笑顔は何でしょう……？

「普通に海で着る水着以外に、悠也だけに見せる水着も買っておく？」


そう言った美月の顔は、冗談を言っている時の楽しそうな顔でありながら――少し頬が赤く、しっかり様子を窺う意図の眼差しに思え。

「……モノによっては即座に理性が飛びそうなんで、勘弁してください」

軽く流そうかとも思ったが……ただの冗談だけとは思えず、本心を回答。

――本当にこれ、どこまでが冗談で、どういう意図だったんだ……？

「そっか。うん、わかったよ――」

俺の回答に、納得した様に小さく頷きながら応え。

その反応に、とりあえず俺の回答は間違いではなかったと、少し安堵――しかけたが。

美月は楽しそうな――でもどこか、嬉しそうにも見える顔で。

「――とりあえず、そうすれば悠也の理性を飛ばせるって、わかったよ♪」

本当にどこまでが冗談!?

「――さすがにそろそろ、理性が軋み始めております」

「「「……ソウデスカ」」」

俺の第一声として放った言葉に、居合わせた3人は『……何て言えばいいんだ?』といった微妙な顔で、無難な言葉を返してきた。

ここは――自宅マンションから離れた、ターミナル駅近くのカラオケＢＯＸ。

目的の買い物が終わった後、少し相談――または愚痴を聞いてもらいたくて、一緒に行った面々と、途中で偶々遭遇した知人を誘った次第。

「……とりあえず悠也が、そんな発言をお相手の実兄の前で言ってしまう程にギリギリだ、というのは理解しました」

「そうだねぇ……僕はいったい、どういう反応をするのが正解なんだろう？」

そう言ってきたのは、俺の幼馴染の1人であり、お目付け役でもある大久保 大河。

それと――美月の8歳上の兄である、伏見 伊槻。

この2人と俺が、今日一緒に買い物に行ったメンバー。

「……とりあえず悩みは理解したんだが――俺、なんで呼ばれたん？」

そして偶然遭遇し、騙し討ちに近い形で引っ張ってきたのが、俺と大河のクラスメイトである安室 直継。当然、伊槻兄さんとは初対面。

「……悪い、自分でも理由が不明なんだが――なんか引っ張ってきた方が良い気がしたから、つい？」

「『つい』で!?　……まぁ暇してたから別に良いんだが――これ、身内の集まりだろ？　むしろ俺が居ていいもんなのか？」

ツッコミ入れた後、少し気を取り直す様に間を置き、兄さんに視線を送ってから言ってきた安室。それに気付いた兄さんは、苦笑い。

なんて答えようかと少し悩んでいると――俺より先に口を開いたのは、大河。

「あくまで『多分』ですが……悠也は無意識に、外部の『証人』を求めたのでは？」

「……証人？」

「――ああ、なるほどね。悠也くんらしいというか……」

大河の言葉に、頭に疑問符を浮かべる安室と――納得した様子で、困った人を見る目をこちらに向けて来る兄さん。

そして俺は――安室側で、自分の事ながら理解できていなかったりする。

「私と伊槻さんだけでは、もし悠也の理性が飛んだとしても『身内の事』として内密にできるじゃないですか。だから理性を飛ばしたくない悠也は――外部の安室氏にも話す事で、外付けのストッパーにしようとしたんじゃないでしょうか？」

「……ああ、なるほど。俺にも話してると、後で『――やっぱりダメだったのか』とか言われる相手が増えるからか。そうなりたくないという意識で、理性を保ちたいと」

「……そんな『藁にも縋る』みたいな事を無意識にやっちゃうあたり、やっぱり悠也くんだねぇ。――それだけ追い込まれているって事かもしれないけど」

……最後の兄さんの言葉に、揃って『うんうん』と頷く大河と安室。

俺は、大河の解説に納得しスッキリすると共に……3人からの生暖かい視線を受け、気まずさから視線を逸らす。

――どうでもいいけど……安室くんと兄さん。あんたら初対面じゃなかった？

早くも大河を含めた3人で『困ったヤツですねー』『まぁ悠也くんだし』『悠也ですからねぇ……』と、視線で会話を始めている。

それを横目に『どういう方向に話を進めよう……？』とか考えていると、不意に大河が口を開いた。

「――ああ、そうです。先ほど身内云々と話していましたが……安室氏も間接的ですが、我々の身内になる可能性が高いじゃないですか」

「「「……はい？」」」

突然の予想外の発言に、そろって間の抜けた声を返す俺たち。

そんな話は全く聞いていない俺は、兄さんと揃って安室を見ると――

「――は？　いやいやいやいや！　俺も全く知らないぞ!?　どういう事!?」

どうやら、安室も本当に知らないらしい。

どういう事かと、揃って大河を見ると――『あれ？』といった表情で。

「おや？　美羽嬢から聞いていませんか？」

「……美羽、から？」

大河の口から『美羽嬢』という単語を聞き、少々イヤな予感を覚えた様子の安室。

美羽嬢――『笹崎 美羽』とは、安室に猛アタックを仕掛けている少女。

まだ正式にくっついているわけではないが、外堀は既に埋まっているらしいし、美羽ちゃんが逃がすとは思えないし――何より安室自身も満更ではなさそうなので、時間の問題だというのが、関係を知る者の共通見解。

……まぁこの2人の場合、その『時間の問題』が一番の問題なわけだけど。

と。そんな彼女の名前が出て怯んでいる安室の前で、大河は淡々と言葉を続け。

「美羽嬢は将来的に、雪菜の直属の部下になる見込みです。そうなると必然的に幹部扱いとなり、安室氏がその家族となれば、十分に『身内』と言えるでしょう」

「「ちょっと待って⁉」」


大河からのトンデモ情報に、俺と安室が揃ってツッコむ。

一方、兄さんは何かを考えている様で――

「――ああ、そういえば。雪菜ちゃんが直弟子を育てているらしいって、その界隈の一部で話題になってたっけ。その話かな？」

「ええ、その話です。――美羽嬢の適性はかなりのモノらしく……雪菜がついつい『教え過ぎてしまった』そうで。責任をとって面倒を見る、と」

「何してくれてるの⁉」

顔色を悪くした安室くん、魂からのツッコミ。

沢渡雪菜――俺たちの幼馴染の1人であり、大河の恋人。

普段は温厚でイジられキャラな彼女だが……怒らせると少々怖い性質を持ち、その得意分野は『情報処理』。

その腕は世界展開している俺や美月の親の企業に、偶に助っ人として仕事を依頼されるレベル。

その雪菜が『教え過ぎた』とまで言うという事は……美羽ちゃん、本当にヤベぇ逸材だった様子。

「落ち着いてください安室氏。実際に『お仕事』を始めるのは、まだ先の話です」

「現状で既にヤベぇ知識持ってるってのが怖いんですけど⁉」

なんとか宥めようとした大河だが、安室の反論を受けて気まずげに顔を背け――

「……ん？『仕事を始めるのは、まだ先』って――その子、何歳なんだい？」

「「………………」」

美羽ちゃんの事を知らない兄さんの素朴な疑問に、俺たちは揃って黙り込んだ。

……俺と大河は、下を向いて無言で飲み物を口に。

安室はしばらく、俺と大河に救いの眼差しを向けていた様だが、やがて諦め。

「……小学5年生です」

「…………君は、小学生とお付き合いをしている、という事かな？」

観念した様子での回答に、兄さんはにこやかな……だけど目元に妙な陰が掛かっている様に見える笑みを返した。

――あ、ヤバイ。これ兄さんが『敵認定』したときの顔だ。

「兄さんストップ！　……こいつの場合はちょっと事情があって――」

さすがに放っておくとマズそうなので、俺と大河で以前の件を説明する事にした。

◇　◇

「――なるほど。そういう事なら、仕方ないかもしれないね。ごめん、早とちりして」

「いえ、傍目からどう見られるのか、理解しているつもりですし。それに……現状で『そういう眼』では見れませんが、大事な子ではありますから」

事情を知って謝る兄さんに、恐縮したように――だけどハッキリと返す安室。

その覚悟を決めた様な姿勢に、彼らに関わった俺と大河は、少し嬉しさと安堵が混ざった視線を向けた。

そんな俺たちの視線に気付いた安室は、照れくさそうに顔を背け。

それを少しニヤニヤと眺めた後、怒り出す前に話を変えてあげる事にした。

「――そういえば兄さん。さっき、兄さんにしては妙に沸点低かったよね？」

「あ、あはは……。はら、生まれてくる僕と透花の子、娘かもしれないでしょ？　そう考えたら、つい――ね？」

自分でも失態だと思っていたのか、ばつが悪そうに苦笑しながら言う兄さん。

兄さんの奥さんである伏見 透花さんは、現在妊娠中。

出産予定日は来年2月中頃と聞いている。

「ああ、そういう事か。お子さん、まだ性別は分からないの？」

「うん、まだ3ヶ月だからね。来月分かるかもって感じかな？」

「そっか。順調そうで良かったよ」

たまに電話などで話しているらしい美月の話では、透花さんは悪阻などの体調不良も少ないそうで、心身ともに健康。

今度の俺と美月の誕生日に予定している家族旅行にも、体調が大丈夫そうなら参加したいと言っているらしい。

「うん、ありがとう悠也くん。それで――」

俺の言葉に、にこやかに応えた兄さんは……途中から眼差しの強さを変えて。


「――そろそろ、悠也くんの理性が……の話に戻ろうか」


……ふと、大河と安室の様子を窺うと。そちらの2名も、こちらに興味の眼差しを。

――まぁ逃げる気は無いし、相談したかったから良いんだけどさ？

「行動自体は、あんまり変わっていないんだよ。でも最近は美月がくっついて来て、目が合ったりすると――妙に気恥ずかしいというか、ドキドキする様になったりとか……」

「「………」」

「……そうなんだ？　でもそれは、理性が云々の話じゃないよね？」

妙に焦点の合っていないような眼で言ってくる兄さん。

大河と安室は、なぜか斜め上方向を無言で眺めている。

何かあるのかと思ったが……ぱっと見は何も無いので、とりあえず話を続けよう。

「いや……美月も大体同じタイミングで気恥ずかしくなるみたいで、そうなると一回離れるんだよ。でもその後――恐る恐るって感じでまたくっついて来るんだけど、その時の様子が胸にクるというか……こう、つい『ガバッ』と行きたくなるというか……」

少し恥ずかしそうに笑ってから、開き直った様に『いつも通り』を装う美月。

それでも耳が赤かったりするのが、中々に破壊力が高いというか……！

思い出すだけで、つい俺も顔が熱くなる。

「「…………」」

「へ、へぇ、そうなんだぁ……？」

……なぜか大河と安室は、斜め上を眺めたまま『口直しする物が無い状態でダル甘い物を口に入れてしまった』みたいな顔になっていて。

兄さんは……顔はこちらを向いているが、眼は明後日の方向へ全力で泳いでいる。

「3人とも、どうしたんだ？」

様子がおかしいので訊くと、揃って俺に『信じられないモノを見た』的な顔を向けて。

その後、3人で顔を見合わせて視線で会話をし、代表した様に兄さんが口を開いた。

「――うん。とりあえず全部聞いてからにしよう。……で？　悠也くんは現状をどう思っていて、今後どうしたいの？」

「……正直に言えば、新鮮だし、悪い気はしてないんだよ。でも――時々心臓に悪いし、理性の問題もあるし。慣れるなり状況を変えるなりしたいな、と……」

少々気恥ずかしかったが正直なところを話すと、3人は悟りを開いた様な笑みで頷いた後、顔を合わせて視線で会話。そして揃ってこちらを向いて――

「「「中学生の初恋か（ですか）ッ⁉」」」

揃って、そんなツッコミを入れてきた。

……言われてみれば確かに、初々しいにも程がある行動かもしれない。

しかし――よくよく考えてみれば、それも当然だと思い至って。

だから、自分の中で少し言葉を選んだ後、開き直って言葉を返す。

「――生まれた直後からの初恋ですが、何か？」

「「「…………」」」

3人は『驚愕』の表情を見せた後、揃って頭を抱えました。

「……いや、そんな驚くけどさ？　大河と雪菜は俺と似た様なモノだし――安室の所は、お前は知らないけど、美羽ちゃんは初恋なんじゃないのか？」

「「「……言われてみれば」」」

言われた大河は、少し気まずげに顔を背け。安室は、どこか嬉しそうな表情に。そんな2人を兄さんは『マジかこいつら……』的な顔で見てから。

「……そう開き直られると、僕は何も言えなくなるんだけど？」

「あのー、ちょっといいっすか？」

頭痛そうに額を押さえる兄さんを気遣いながら、安室が挙手しながら発言。

「そもそもの話になるんだが――お前が理性を保つ意味、あるのか？」

「「…………」」

安室くんから、部外者ゆえの客観的な意見が。

兄さんと大河は、無言・無表情で俺に視線を向けてくるのみ。

「いや、その意見も分かるんだが……俺と美月の保護者たちから『高校卒業まではイタすな』って言われているし――」

そんな弁解をする俺だが――それに対する保護者サイドからの声が。

「――いえ。正直に言えば保護者の皆さん、それが完全に守られるとまでは期待していませんよ？」

「だよねぇ……。僕も高校中退する様な事態にさえならなければ、別にいいんじゃないかって思っているよ。――というか、それくらいは悠也くんも分かってるよね？」

……うん。以前にも少し話した事があるけど、分かってはいた。

そもそもお目付け役の大河と雪菜が、俺と美月の両親に言われたのは『大っぴらにヤリ始めたら釘をさせ』という様な内容だそうで。

俺たちが言われた『イタすな』の発言も――『程々にしろ』では『ある程度なら公認』と取れてしまい、その『ある程度』もいくらでも誤魔化しが利く。

よって確実に節度を守らせるため、少なくとも堂々とは出来ない『禁止令』にした、という事だろう。

……厳密に守らせたいなら、抜き打ちの監査(かんさ)なり監視(かんし)カメラ付けるなりするだろうし、そもそも半同棲(どうせい)なんてさせるはずはない。妥協(だきょう)したとしても——隣同士(となりどうし)の部屋で俺は大河と、美月は雪菜とルームシェア、という形が精々だったはず。

それが分かっていて——ある意味で親たちからの『暗黙(あんもく)の公認』を貰(もら)っているのも、とっくに理解していた。

それでも、欲求はバリバリ有りながらも先に進んでいない以上、自分がヘタレだという自覚は当然ある。あるんだが……実は、少し言い分もあるわけで。

「——自分のヘタレ具合は自覚してるよ。だから……これから話すのはその言い訳じゃないんだけど、少し聞いてくれないかな？」

「「「……ふむ？」」」

呆(あき)れた様な表情をしていた３人が、揃って真面目な『聞く態勢』になってくれた。

だから、俺は前々から考えていた事を話す。

「——仮に、俺が理性を飛ばしたとして。それで美月に嫌(きら)われる事も——関係が悪くなる事も無いと思う。……美月がとっくに覚悟してるのは、さすがに気付いてるよ」

「まぁそうだろうね。悠也くんは時々抜けてるけど、美月に関しては鋭いもんね」

「ですね。おそらく美月さんを中心に考えているからでしょうが——それ故に、他人でも察してる事に『鈍感主人公』は発動しないでしょうね」

「本当に典型的なバカップルだよな……本人たちに自覚は無いっぽいけど」

——ちょっと前振りをしただけなのに、皆さん容赦無いですね？

『さすがに酷くね？』とか思ったが……反論が思いつかないので流す事にする。

「……とにかく。いろいろな意味で覚悟済みっていうのは知ってるよ。——でも、それは『受け入れる覚悟がある』ってだけで——美月はそれを望んでいるのか、と」

「……ああ。そういう悩みですか」

すぐに察したのは、やっぱり大河で。

「その……女性にも、そっちの欲求が有るっていうのは、知識では知ってる。でも、美月の欲求がどういうモノか——俺に対して持っているのかは分からないわけで」

そういう行為は……リスクも負担も、男より女性の方が大きい。

それは男女差別とかフェミニストとかも関係無い、生物としての事実。

だからこそ、美月が望む時にできれば、そう思っていたわけで。

「あー……。美月の兄として、そこまで考えてくれて嬉しいといえば嬉しいけど。――はっきり言って、それはもう本人に訊くしかないんじゃない？」

そんな事を、『困った人を見る目』で言ってくる兄さん。……確かに、その通りではあるんだが――それが出来れば苦労していないわけで。

「……いくら俺でも、直に『一線越えたいと思う？』とか訊くのは厳しいデス」

「「「……ああ」」」

俺の発言に、同音で応えた3人。だが――表情には、少々違いがあって。

俺と同意見、といった感じに見えるのが、大河。

兄さんは、さすが既婚者でもうすぐ父親といった感じで、『仕方ないなぁ』という、少し余裕がある表情。

そして安室は――

「……どうした安室、大丈夫か？」

「ん？　ああ、大丈夫。ただ――」

遠い目をしていた安室に声を掛けると――その目のまま、何かを諦めた様な口調で。

「――俺の場合、それ訊いた瞬間に人生決まりそうだな、と……」

「「……ああ」」

思わず、俺と大河も遠い目になった。

安室のお相手の美羽ちゃんが、あわよくばと求めているモノ――『既成事実』。

よって、訊いてしまった瞬間にヤバイ世界の扉が開く。

……そもそもの話として、そんな事を小学生に訊いた時点でアウトだけど。

「と、とにかく！　……そういう事を考えちゃった上で、美月に訊く度胸も無いから――今は親の言い付け守って我慢するのが無難か、って考えてたんだよ」

「悠也も、なかなかに難儀な性格してますよね……」

大河くん、やかましいです。

「お前でも、伏見の事が分からない時があるんだな？」

「……今までは美月が考えている事は大体見当付いたんだけどさ？　こっち方面に関しては、美月の考えもいまいち読みづらいんだよ」

安室の言葉への返しが、つい半ば愚痴の様な口調になってしまった。すると――

「――まぁ、それも当然だよねぇ」

兄さんが、なぜか微笑（ほほえ）ましげな口調で言ってきた。

「『当然』って……どういう事？」

「だって悠也くんと美月は、恋人みたいな関係を目指してたんでしょ？」

「まぁ、そうだけど……？」

俺が戸惑（とまど）いながら返すと、少し楽しそうな口調で。

「――今まで性別関係無い『幼馴染』っていう要素が多かったのが、男女の『恋人』っていう関係になってきたんだから……分からない事が増えて、当然じゃないかな？」

「……ああ、なるほど」

言われてみれば――考えが分からなくなるのは、女性としての美月を思う際がほとんど。それ以外の幼馴染としての美月とは、今まで通りに意思疎通（そつう）が出来ている。

「――だからね、悠也くん。さっきの『美月が望んでいるか』っていうのも、やっぱり美月本人に訊いた方が良いと思うよ？」

「……伊槻さん。それは中々にハードルが高いのではないでしょうか？」

「――だな。それは恋人っていうより、もう夫婦の領域の話ではないかと……」

兄さんからの中々厳しい意見に、そう擁護してくれる大河と安室。

しかし兄さんは、そんな2人に『きょとん』とした顔をしてから、当然の様に。


「え？　だって悠也くんと美月は、とっくにその領域だよね？」


「「――言われてみれば、たしかに」」

……兄さんの一言で、こちら側に付いていた2人がアッサリ向こう側に。

そんな様子と俺を見て苦笑いを浮かべた兄さんだが、話はまだ続く様で。

「恋人らしくなるのは結構だと思うけど――元から夫婦っぽかったのを後退させる必要は無いよね？　それに――」

「……『それに』？」

からかう様な顔で俺を見ながら、勿体ぶる様に、少し言葉を切った。

煽られているのは分かっているが……話に乗って先を促すと、にっこり笑って。

「――悠也くんて、美月に関する分からない事、そのまま放っておける人だったっけ？」

「……それを言われると、確かに黙っていられないね」

兄さんの言葉は、こちらの痛い所を的確に突いてきた。

以前、俺は美月と『お互いの分からない事を探していこう』という様な話をした。そして美月も俺も『訊いてくれたら隠さない』とも。

そんな約束を、己のヘタレを理由に反故にするのは――情けないを通り越して、ある意味では裏切りとも言える行為かもしれない。

「……それに。夫婦になると、本当に話し合いは大事だよ。ただでさえ社会人になると別行動が多くなるんだから……油断してると、すれ違いからアッサリ険悪になるからね？」

「伊槻さんも、透花さんと険悪になったりしたのですか？」

兄さんの言葉に、少し驚いた様に訊く大河。

確かに俺の目からも、とても仲が良い様に見える兄さんと透花さん。

透花さんは不満等はちゃんと言うタイプに見えるし、兄さんも不満やストレスは溜め込まず、上手くやり繰りするタイプだと思う。

そして当然の様に相手を思い遣れる2人が『アッサリ険悪になる』なんて……あんまり想像できない。

「うん。幸い今のところ大きなケンカは無いけど——思い返すと、『よく偉そうに講釈できたね？』って、自己嫌悪するくらいには、いろいろ失敗したよ……」

「だ、大丈夫ですか⁉」

始めは普通だったのに、徐々にテンションが落ちていき……言い終わりには、安室が慌てるレベルまで凹んでしまった兄さん。どうやら過去の失敗を思い出している様子。

焦点の合わない遠い目で、耳を澄ませば『……さすがにニンニクは無いよね、本当に』等と呟きながら、昏く笑っていて——兄さん本当に何やったの⁉

「と、とにかく！　……美月と、いろいろ話してみるよ。考えてみれば——この前の一件以降、あんまりこっち方面の話し合いはしていなかったし」

敢えて呟きの内容には触れずに話しかけると——すぐに正気が戻ってきた様で。

「——え？　ああ、うん。そうした方が良いと思うよ。……美月をよろしくね」

「うん、それは言われなくとも。……ただ、欲求云々の話に関しては——気軽に話すのは抵抗があるから、様子を見ながらってなると思うけど」

「あはは……さすがにソレはねぇ。あの内容は、僕も気楽に話すのは無理だし」

そう言って、兄さんと苦笑いを交わす。

そんな俺たちを見て、大河と安室は軽い安堵の息を吐いた——のだが。

「……伊槻さん。少々よろしいでしょうか？」

「ん？　どうしたんだい大河くん？」

話し掛けた大河は――恐る恐るといったものながら、瞳には好奇心を宿している様にも見える、大河にしては珍しい表情で。

「――今後の参考のために、可能なら伊槻さんの失敗談を教えていただけませんか？」

「え？　あ、あー……そういう事かぁ」

少し頬を引きつらせながら、俺と安室の様子を窺う兄さん。

安室は――飲み物を口にして興味無い風を装っているが……聞き耳立てて興味アリアリなのは、チラ見する表情からも一発で分かる。

そして俺も、もちろん『今後のため』という意味もあるが――それが無くとも、兄さんの過去話には興味がある。

「……はぁ。わかったよ。さすがに話したくない事もあるから何でもとはいかないし、質問に黙秘権を認めてくれるなら――」

（ＳＩＤＥ：ＧＩＲＬＳ）

「――透花さんの初体験は、どんな流れで至ったの？」

「うにゃあああッ⁉　なんで初っ端からそんな話⁉」

女子会の開幕直後、早々に上がった透花の羞恥の悲鳴に、のんびり寝ていた２匹の飼い猫も『なにごとっ⁉』と反応。キョロキョロと周囲を見回していた――

ここは美月の実家――伏見家のリビング。

美月は雪菜と、伏見家で暮らす透花を訪ね。

『主な目的』を済ませた後『お茶でも飲みながらお話しを』となって。

そうして始まった女子会で――その一発目の話が、美月のアレだった。

「えっと……美月ちゃん。本当に、その話を訊いたのはなんで？　私は一応お目付け役だから、ちょっと無視は出来ないんだよ」

「……（こくこく）」

少し申し訳なさそうに、先の質問の意図を訊く雪菜。その隣では――透花が、少々非難の眼を美月に向けながら、『こくこく』と雪菜に同意している。

「あはは……その、すぐにどうこうって考えてるわけじゃないよ？　ただ最近、悠也とぎくしゃく――ぎくしゃく？　……ぎくしゃくって程じゃないけど、ちょっと距離感が掴めなくなって戸惑う事が増えたから――」

そんな話を聞いた２人は、少し驚いて顔を見合わせ。

「――驚いた。美月ちゃんたちでも、そんな風になる事があるのね……」

「そうですね……。私も、あっさり開き直ってイチャイチャし始めるかと思ってました」

「あ、あはは――２人とも、私たちを何だと思ってるの……？」

意外だと言う透花と雪菜に、軽い抗議をする美月。

それを受けた２人は『きょとん』とした後、声を揃えて――


「「――聞きたい？」」


「………………ごめんなさい。結構です」

どういう言葉を返されるか理解できた美月が、早々に白ハタを上げた。

「それで――美月ちゃん？　その今の悠也くんとの関係から、どうして透花さんの初体験話になるの……？」

「（こくこく）」

質問した雪菜の横では、透花が少し頬を染め、またも無言で同意の頷き。

「あ、えっと——正直に言えば、現状も悪くはないんだよ。今までに無いから新鮮だし……悠也が意識してくれてるのが分かって、ちょっと嬉しいし。でも、やっぱり私も悠也も落ち着かないから、なんとか改善したくて——」

一度言葉を切った美月は、２人の反応を見てから——思い切った様に続きを口に。

「——ならば、いっそ行くトコまで行っちゃうのもアリかなーって？」

「「漢らしいねっ⁉」」

美月の思い切りの良い考え方に、雪菜と透花が思わずツッコミ。

「あ、あはは……でも、そうしようって決めたわけじゃないよ⁉　選択肢の１つとして考えて——今は採用しなくても、いつかは経験するんだし？　なら訊いてみようかな、っていう軽い気持ちだったんだよ」

「……その『軽い気持ち』で初体験を訊かれた、私の立場は？」

自分の恥ずかしい話を『軽い気持ち』で訊かれた若奥さま、ジト眼で抗議。

それを、誤魔化し笑いと視線を逸らせて逃げる美月を見ながら、雪菜が口を開き。

「それで——美月ちゃん、距離感が掴めなくなったって言ってたけど……なんで?」

「——うん、あくまで私の話で、悠也の理由は分からないけど……やっぱり、この前の一件が原因、というかきっかけ、かな?」


『この前の一件』とは——夏休みの初日の事。

悠也と美月は、改めて『好き』と伝え合い、そしてお互いに『もっと好きになりたい』『もっと好きになってほしい』と、己の想いを話した。

その一件が、美月と悠也の関係に変化を与えた様子。


「……あら?　雪菜ちゃんは、2人の現状を知らなかったの?」

「はい。私が居る時は、特に異常は無かったと思うんですが……」

一件以降も2人に会っているはずの雪菜が現状を訊いた事に、違和感を覚えたらしい透花。それに答えた雪菜も、『そういえば』と首を傾げ。

「あ、あはは……私たちが距離感が掴めなくなるのって、2人だけの時だから。それも普段は大丈夫なんだけど——何かのきっかけでスイッチが入ると、って感じで……」

言いながら思い出したのか、段々と頬を染めながら、恥ずかしげに言う美月。

「「……スイッチ？」」

図らずも揃った声で2人が訊くと——美月は『うっ』と声を詰まらせた後、さらに頬を赤くし、俯きながら。

「……いつも通りにくっついてる時とかに、目が合ったりすると——つい『私は悠也が好きなんだなー』『悠也も、私が好きなんだなー』って意識しちゃって。そうなると、こう——離れたい様な、でも逆にもっとくっつきたい様なって感じになって……」

「「……うわぁ」」

俯いて真っ赤になりながら話す美月を見て、思わず雪菜と透花も赤くなる。

そして、少し沈黙が続いた後——気を取り直す様に、透花が話を続ける。

「そ、その……悠也くんの方は分からないって言ったけど——どんな感じなの？」

「え、っと——悠也も、私と大体同じタイミングでぎこちなくなるんだけど……他に、最近は私との接触にかなり気を付けているみたいだから——その、男の子の事情も、関係しているんじゃないかなーって……」

「『――ああ、それはそうだよねぇ……』」

話を聞いた透花と雪菜、思わず全力で納得。

なにせ――2人の目の前で、恥じらいながら言葉を紡ぐ美月の姿は、同性である雪菜と透花ですらも赤面させられる程の破壊力がある。

……それを至近距離から直撃で受けて耐えている悠也には、思わず全力で尊敬と同情の念を送ってしまう。

と、ここで雪菜が何かに気付いた様で。

「――あ。もしかして美月ちゃん……悠也くんが我慢してるからっていうのもあって、『行くトコまで行くのも』って思ったの？」

「っ、あ、あはははははは……はい、その通りデス……」

親友でありお目付け役でもある雪菜に指摘され、誤魔化し笑いを浮かべた美月だが――すぐに諦めて白状。

そんな美月に、雪菜は苦笑いを浮かべた後――

「……もう、仕方ないなぁ――そんなわけで透花さん、お願いします」

「ええ、分かった……って、え？　お願いって――何を？」

流れる様に話を振られた透花。思わず了承してから、イヤな予感と共に訊き返すと。

「――可能なら、初体験の話をお願いします」

「私に味方は居なかったの⁉」

ばつが悪そうにしながらも、改めて依頼する雪菜。

その雪菜が味方ではなかった事が、結構ショックな透花。

「え、えっと……美月ちゃんの事情は抜きにしても、私もとっても興味が――」

「最初から敵だった⁉　で、でも今は美月ちゃんの話が……」

美月の話に戻す事で、なんとか逃げようと思った透花だが。

「……（わくわく♪）」

透花の目に映ったのは――椅子の上に正座して、きっちり聞く態勢になっている美月で。

「……さすがに、最後までは話さないわよ？　至るまででいいのよね？」

これは逃げられないと判断し、最後のラインの確認に入った透花。

「「……………うん、それでお願いします」」

「……分かったわ。２人の参考になるとは思わないけど――」

2人の反応に『最中の話も聞きたかったの⁉』というツッコミが浮かんだ透花だが、なんとかスルーに成功。そして、話す内容を頭の中でまとめて――

「…………ねぇ美月ちゃん、雪菜ちゃん？」

「「？　どうしたの透花さん？」」

話す事を考えていた透花が――目を泳がせ、変な汗を流しながら話しかけた。

「…………怒らない？」

「「――はい？」」

突然そんな事を訊かれた美月と雪菜は、困惑の声と表情で。

「なんで怒ると――まさか、相手は兄さんじゃない、なんて事は無いでしょ？」

「それはもちろんよ⁉　私が伊槻以外に目を向けるわけがないでしょう‼　……あぅ」

美月の確認に、反射的に応えてから――大声で言った内容に気付いて赤面する。

それを傍から見た雪菜は『わぁ可愛い……』とか思いつつ。

「でも、ソレ以外だと――私たちが怒る様な内容の過去話って、ちょっと思い浮かばないんですが……？」

困惑の顔で言う雪菜に、美月も頷く。

透花は、そんな2人の反応に安心――した様子は無く。

尚も汗ジト流しながら『……じゃあ』と前振りした後も、少し躊躇った後――

「……20歳の時に、お酒の勢いで」

「「ちょっと待って？」」

予想外にも程がある発言に、即座に一時停止を申請した美月と雪菜。

「……ちょっと待って――え？　これ兄さん呼び出して説教が必要な案件⁉」

「20歳の時って……私にはこの前『付き合って1年以上経ってるのに――』みたいな事言っておいて、自分たちは2年以上掛けてたんですか⁉」

まさかの発言に、怒りまではいかないものの、それに近い勢いで詰め寄る2名。

言った透花自身は『やっぱり、こうなった……』と、頭を抱え。

「ちょ、ちょっと待って、一応は言い訳させて？」

とりあえず説明しないと収まらないと、発言の許可を求め。

それに対する妹分2人は、ピタリと言葉を止め、顔を見合わせてから。

「「――発言を許します」」

「……ありがと。とりあえず、そういう展開になったのは伊槻のせいじゃ――伊槻だけのせいじゃないから、呼び出しは止めてあげて？　私は納得してるんだから」

「……兄さんの『せいじゃない』を『だけのせいじゃない』に言い直したって事は、兄さんのせいでもあるって事だよね？」

「あ、あはは……それは、もちろん、ね？」

美月の確認に、決まりが悪そうな苦笑いの透花。

「それで、透花さん？　２年以上掛かったのは、なぜなんです？　大学に入った後ならば、機会なんて幾らでもありますよね？」

「……それも話すけど。先に結論だけ言っちゃうと——先延ばしにした上で大きな機会を逃したら、その後もズルズルいっちゃったのよ……」

透花が気まずそうに話した言葉に、揃って首を傾げた美月と雪菜。

その様子に、諦めた様に一息吐くと、吹っ切った様に話し始める。

「……じゃ、話すわね。この前話した、付き合い始めた後の事なんだけど——」

「「第２部ですね!?」」

……そんな風に食いついて来た２人に、頭痛にみまわれた様に額を押さえる透花。

以前、美月の悩みの参考にするため、付き合い始めるまでの話をした透花。

その際に『これで第１部完ね』と言ったのを、しっかり覚えていた２人。

「――えっと。高3の時に付き合い始めたわけだけど……当時の私の性格上、付き合い始めてすぐに『ごろにゃん♪』って出来るわけ、ないじゃない？」

「あー……うん、言われてみれば」

以前の話で聞いた、かつての透花の性格は『ベタなツンデレヒロイン』。

それを思い出した美月は納得するが、雪菜は首を傾げていて。

「でも――今までの反動が出て一気にデレ期に、ってのもあり得るかなって……」

「……確かに、その選択もあったのよね。でも――一度甘えちゃうと、どこまでハマるか分からなかったのよ。……それに、受験生だったし」

「――ああ、そういう理由ですか」

伊槻と透花は、学部は違うが同じ大学に進学している。

それが偶然ではないのなら、相当な努力をしたのは、想像に難くない。

「早々に、同じ大学に入りたいって話になったんだけど――伊槻は『そのために学びたい事を妥協するのはダメだ』って。だから……伊槻が『求められている』レベルの大学で、お互いのやりたい事が出来る所ってなると、ほぼ単騎狙いになったのよね」

「あ、あはは……それ、私たちも他人事じゃないんだよねぇ」

長く続く大企業の後継者候補となると、世間体のためにも学歴は高いに越した事はない。

そのため当時の伊槻には、周囲が納得するくらいの結果を出す必要があった。

そしてそれは——ほぼ同じ立場の悠也も同じであり。そんな2人と一緒に居たいと思う美月と当時の透花も、同様の努力を求められていた。

そんな美月に労る様な笑みを向けた後、話を続ける透花。

「一応、射程圏ではあったんだけど——さすがに余裕なわけではなかったから。『付き合い始めて成績落ちた』とか言われるのは、私も絶対にイヤだったし。だから『イチャイチャは後回し！』って、自分に言い聞かせていたわね……」

「なるほど。言い聞かせなければいけないくらいにはデレデレだった、と♪」

「——え？　っていう事は……受験終わるまで、何も無しで？」

からかい口調の美月と、驚きの声で訊く雪菜。

「え、えっと……よく一緒には居たわよ？　図書館やお互いの家で一緒に勉強したり、気分転換に映画観に行ったり？　——2人きりの時は、結構くっついたり、とか……」

恥ずかしそうに言う透花を見ながら、状況を考察する美月と雪菜。

少し考え……結論が出たのか、顔を見合わせてから透花の方を向き。

「「それ、結構な『生殺し』では？」」

「………で、でも！　その、キスはしたのよ⁉　……クリスマスに」

思い当たる節がガッツリあった様子。

後ろめたさを誤魔化すために、勢いよく口にしたが……妹分たちからは、困った人を見る生暖かい視線が。

「それも随分と時間掛かったたね……？」

「――どんな感じの展開だったんですか？」

見守る様な視線に居心地の悪さを感じながらも、勢い任せで続ける透花。

「……『今日くらいは』って出かけて、イルミネーション見ながら。それで『――続きは、大学受かってからね？』って……」

言いながら思い出したのか、真っ赤になって俯く透花。

「……そういえば兄さん、受験の前の年末年始あたり、妙に気合い入ってて――『今ならハーバードだろうと主席で入れる気がする！』とか言ってた様な……」

「うわぁ。生殺しの後に、目の前にニンジン吊した感じ……？」

「そ、そんな意図は無かったわよ⁉」

「でも、その展開からどうして更に1年以上もの延期になったんです？」

並の男がそこまで長期の『おあずけ』を食らえば、解禁後には即座に『ガッ』と行ってもおかしくない。そう思っての、雪菜の質問。

「その……『解禁後に即日で』とかは、がっついている様で、イヤじゃない？」

「確かに――気持ちは分かります」

「兄さんも、そういうの気にしそうなタイプかな……」

相手への気遣いもあるが、むしろ『かっこ悪い』という見栄や意地の問題で。

透花は分かりやすいが――実は伊槻も、あまり弱みは見せたくないタイプ。

「そんな感じで見栄張っていたら……お互い少し忙しくなって、中々会う時間が取れなくなっちゃったのよ。だけど――大学が始まっちゃうと、また忙しくなりそうじゃない？だから――その直前に、時間作ったの」

「いよいよ……に、聞こえるんだけど？」

「ね？　ここからどうすれば機会逃して、１年も延びるんだろ……？」

山場に思える展開の到来に期待はするが……でもダメだったと分かっているため、首を傾げる美月と雪菜。

そんな２人を他所に透花は――少し遠い目をしながら。

「――伊槻って普段はしっかりしてるし、気遣いとかもちゃんとしてるわよね。……でも、何かで頭がいっぱいになっていると——それ以外がスポーンと抜けたりしない？」

「えっと、私は心当たり無いんですが——美月ちゃんは？」

「……ある。でも、よっぽどの時じゃないとならないんだけど——兄さん何したの？」

非常にイヤな予感を覚えている美月の前で、透花は尚も遠い目で。

「——久しぶりにデートして、お店で食事して——そういう宿泊施設へ、っていう予定で。伊槻が全部予約とかしてくれたのよ。——楽しかったわよ？　デートまでは」

「「……（ドキドキ）」」

コイバナを聞いているというより、むしろサスペンスドラマを観ている時に近いドキドキを感じながら、話を聞いている妹分2名。

そして透花は——ついに、その瞳の虹彩が消えて。

「……夕食に予約していたお店、ニンニク料理の専門店だった」

「「あの人何やってるの⁉」」

2人の口から、かつて無い抗議の絶叫が上がった。

「擁護すると——私はニンニク好きだし、以前そのお店を知って『行きたい』とは話していたのよ。それを覚えていたからで――『とっても元気』的な他意は無かったそうよ？」

「に、兄さんらしい……兄さんらしいけどッ！」

ただ『透花が行きたいと言っていたお店が良い』という発想と『その後の展開』に頭がいっぱいだったらしい伊槻は――『ニンニク料理がどういう印象を持たれているか』『ニンニク食べたらどうなるか』、という事が完全に抜けていた様子。

実兄の失態に、頭を抱える妹さん。それを、力の無い眼差しで見ながら――

「さすがに……『初体験の前は、がっつりニンニク食べました！』『事後の思い出はニンニクの香り♪』っていう事態は――イヤでしょ？」

「「……（こくこくこくっ！）」」

絶対にイヤだとばかりに、全力で肯定の頷きをする2名。

「そ、それでその後、どうしたんですか……？」

「食べたわよニンニク料理。美味しかったわよ！　食べて店出てから訥々と説教して解散したわよッ!!」

ちなみに――後日、透花の実母が語った証言。

『【今日は泊まってくる】と言っていた娘が、ニンニク臭と共に落ち込んで帰って来た時は……てっきり【別れ話をされたのだろう】と思っていました』

「そ、それで――その後どうしたんですか？　その状況、下手すると破局の理由になりかねないと思うのですが……？」

「兄さんと距離を置きたくなったりとか……しなかったの？」

心配そうに（だけど好奇心もガッツリ含んで）訊く２人。

それに対して透花は――なぜか少し頬を染めて。

「……それは、大丈夫だったわね。むしろ落ち着いた後、今までの事を振り返って……『私が支えてあげなくちゃ』って――」

「『ここでまさかの良妻フラグ⁉』」

どうやら、普段はしっかり者の伊槻が大失敗する様を見て、むしろ保護欲と母性本能を刺激されたらしい透花。

「……でもね？　それ以降、私は『世話焼きモード』に入って。伊槻は『猛省モード』になっちゃったせいで――全然『そういう雰囲気』にならなくなっちゃって」

「な、なるほど。そういう理由かぁ……」

予想外にも程がある展開にドン引きしながらも、『一応、納得』といった感じの美月。

「――『このままじゃいけない』とは思いつつ、その状態がズルズルと1年以上も続いて。それで2人共お酒が飲める様になってから『これで勢い付けちゃえ！』って……」

「な、なんて言うか、仕方なかったとしか言い様がありませんが――『もっと他に手段は無かったの？』とも思っちゃいますね……」

「ニンニク臭を回避（かいひ）したらアルコール臭になったって話だもんね……」

「そんなに飲んでないわよ⁉　……ただ翌朝は『知らない天井（てんじょう）』→『隣の伊槻に気付いてビックリ』→『前夜の事を思い出して悶絶（もんぜつ）』っていう流れだったけど」

「『……うわぁ』」

引きながらも、『気の毒な人を見る目』を向ける、美月と雪菜。

それを受けて、なんて返せばいいか悩んだ様子を見せた後――開き直った様子で。

「一部始終はこんな感じね！　参考になったかしら♪」

「『なるわけないよね⁉』」

――『むしろ反面教師です』

さすがに、そんな言葉は何とか呑み込んだ2人だった。

「……とにかく。なんかウチの兄さんが、いろいろゴメンね？」

「え？　ああ全然、大丈夫よ？　別に『イヤな思い出』とは思ってないし」

「「――え？」」

伊槻の所業を謝った美月に、不思議そうな顔をしてから、サラっと告げた透花。

その事に驚いた顔をする2人に微笑んで。

「確かに、微妙な過去だとは思うわよ？　でも、今の伊槻との関係は凄く気に入っているの。……アレが無ければ今は無いっていうなら、悪い思い出とは思えないわよ」

「――なるほど。……うん、私もよく分かるよ、義姉さん」

柔らかな微笑みと共に語られた想い。

その言葉と笑みに、同じく大切な思い出を持つ美月と――雪菜も、笑みで応え。

少しだけ自嘲混じりの笑みを交わした3人だった。

「もうウチには慣れた？　義姉さん」

穏やかな空気の中で、新しく実家の家族に加わった『姉』に、話を振った美月。

「え？　――うん、もうほとんど。まだ少し気を遣っちゃうし、気を付けなきゃって思う事はあるけど……お義母さまもお義父さまも良くしてくれるから、もう大丈夫よ♪」

「そっか。良かった♪」

「……強いて言うなら。今はあの子たちに、あんまり触れないのが苦痛かしら」

そう言って透花が見る先に居るのは――窓際で日向ぼっこ中の、飼い猫２匹。

妊婦には猫経由での感染症の危険がある。

とはいえ清潔にしていればまず大丈夫なのだが――念のためにと撫でる程度に留め、過度の接触は自重している透花。

『『――うにゃ？』』

視線を感じたのか、３人の方を向いて、揃って首を傾げる２匹。

それを見て、３人は楽しい笑い声を上げた。

――そんな中。不意に雪菜が、何かを思い出した様子で。

「あ、そうだ。訊いてみたかったんですが――やっぱり結婚して一緒に暮らすのって、大変ですか？」

「人に依ると思うけど――やっぱり違う暮らしをしていた人と一緒に暮らすんだから、気を付けなくちゃいけない事と……気を付けようが無い事もあるわね」

「「……気を付けようが無い事？」」

ピンとこなくて首を傾げる2人に苦笑してから、話をする透花。

「例えば、家事の仕方や料理の好みなんかは、事前に話し合えば、揉め事は回避出来るわよね？　でも――『価値観や考え方が違うせいで、相手の行動が何となく落ち着かない』っていうのは、回避できると思う？」

「義姉さんたちでも、そんな事あったの⁉」

ショックを受けた様な声を上げる美月と、同じく驚いている雪菜。

透花は困った様な笑みを向けてから、話を続ける。

「――ほら、伊槻は生活環境を良くするためなら、お金を惜しまないでしょ？　一方で私は、節約を考えちゃうタイプ。……どちらが良い・悪いって話じゃないわよね？」

「「（こくこく）」」

同意の頷きを確認してから――透花はどうやら明確に『失敗談』と認識しているらしく、小さくため息を吐いて。

「一応、そこら辺の意識の差異も分かってたから、話し合ってはいたのよ。だから伊槻のはちゃんと収入の範囲内での設備投資っていう事も、私が無理な節約まではする気が無い事も話したたし、お互い納得したはずだったの」

「……そこまで気を付けていても、ダメなんですか？」

「だって、不満っていう自覚が無かったんだもの。少しモヤっとはしてたけど、どっちが悪いっていう話じゃないんだし、話し合いや文句を言う程の事でもないでしょ？　だからスルーしてたんだけど……そういうのって、結構溜まるモノみたいで」

「それで――どうなったの？」

心配そうに訊いてきた美月に、苦笑いを返し。

「……少し体調悪くて機嫌が悪かった時に、無意識の内に口から出たの。途中で止めたけど――『あなたのお家は金持ちだから良いわよねぇ』って、嫌みたっぷりのが」

「……うわぁ、それ兄さんが確実に怒るセリフだぁ」

伊槻は、自分以上に家族を貶される事を嫌う。よって一族を含めた嫌みを突然言われていたら……程度は不明だが、険悪になるのは確実だった。

「――そんな事を言う気は無かったから、自分でも驚いたわよ。それからすぐに素直に謝って、お話し合い。こんな事で険悪になんてなりたくないもの。それで……今後もこういう事が起こり得るって、起きたら極力冷静に話し合おうって決めたの」

突発的な事態を防げないなら、起こり得る事を認識した上で、対策を考えておく。

そう方針を決め、今まで上手くやってきた伊槻と透花。

誰も悪くない小さな不満の蓄積が、機嫌が悪い時に無自覚のまま小爆発を起こした。

それは、どこでも誰にでも起こり得る話で。

「……私も他人事じゃないかも。だけど――美月ちゃんたちは大丈夫なんじゃ？」

「――うん。少なくとも、同じ様な事は起きない、かな？」

ほぼ一緒に育ち、現在も半同棲中の美月と悠也。

そんな2人なら、価値観の差異から生まれる不満は起きない、という意見だが――

「うん。確かに美月ちゃんと悠也くんなら、私と同じ事は起きないと思うけど。……でも、油断は出来ないかもしれないわよ？」

「「え？」」

どうやら本気で言っている様子の透花に、イヤな予感を覚える2人。

「例えば……美月ちゃん、悠也くんが浮気すると思う？」

「へっ⁉　――ううん。余程の事が無い限り、悠也が浮気する事は無いよ」

言い切った美月に微笑む透花。しかし、すぐに真面目な顔に戻って。

「うん、そうね。だけど――もし将来、悠也くんが仕事の関係で、女性が多い職場に一定期間行く事になったら……どう思うかしら？」

「えっと……？」

心配をしていないだけに、あまりピンと来ないらしい美月。

しかし、雪菜は透花の意図が分かった様子で。

「――そういう事ですか。悠也くんなら、ちやほやされるでしょうね。当人が乗る・断る関係無く。婚約者が居ても言い寄ってくる人も出るかも……？」

「あっ……」

「まぁ、それでも悠也くんなら断ると思うわよ？　でも仕事上の付き合いなら、長く関わる事もあるから……美月ちゃん、ストレス溜まらない？」

「……たぶん、凄く溜まる。だけど悠也は悪くないから、文句言えないだろうし。――それで、いつか爆発、っていう……？」

「可能性はあると思うの。……多分こういうのって『絶対に大丈夫』って思っている人ほど、いざ起きると危険だと思うのよね」

「で、透花さん。そういうのってもちろん、男女逆パターンもありますよね？」

「――ええ。美月ちゃんも、確実に言い寄られる側だから。……ところで美月ちゃん？悠也くんの、そっち方面の耐性は？」

美月が言い寄られた場合、悠也は大丈夫かどうか。

そう訊いた透花が見たものは――美月の、焦点の合っていない瞳で。

「……ある意味で悠也、そっち方面は雪菜よりヤバいです」

「――は？　……ちょっ、そのレベルで危険なの⁉」

「……2人とも、とっても失礼な事を言ってる自覚、ある？」

絶望を宿した瞳の美月と、間近に迫る天災を目の当たりにした様な表情の透花。

そして、そんな2人に『ヤバイものの代名詞』として使われた雪菜が、頬を引きつらせながら抗議の視線を送っていた。

「……と、とにかく。やっぱり小さな不満とかでも、話し合う事は大事よ？　完全に防げるかは分からないけど、それで危険度はかなり下がると思うし。――美月ちゃんは、なんだかんだで意外と溜め込むタイプっぽいし」

「……美月ちゃんって悠也くんが精神安定剤になってるけど――その悠也くんの行動がストレス源になったら、確かに危険かも」

「あ、あはははは……ちょっと、否定できないです、はい……」

2人からの指摘に誤魔化し笑いから入るも――すぐに力を失い、頭を抱えた美月。

それを前にして『……どうしよう？』と、視線で話し合う2人。

やがて雪菜が、意を決した様に話しかけ。

「じゃあ――美月ちゃん？　少し、不満を吐き出す練習してみたら？」

「……練習？」

「ああ、そうね。それなら……不満じゃなくて、要望として言うのはどうかしら？」

「なるほど。例えば――『疲れた』は不満だけど『少し休もう？』は要望でしょ？　そういうのなら言いやすいんじゃないかな」

2人が提案したのは、不満になる前の段階で『要望』として話す、という事。

すぐに今後の事を前向きに考え始めた美月。

「――うん、それ良いかも。悠也にも話して、今後の方針にしてみようかな……」

それに安堵しながら雪菜が、少しからかう意図も込みで。

「じゃあ美月ちゃん、ちょっと練習しよっか？　――今、悠也くんへの要望は？」

「……えっ」

「ああ、そうね♪　現状をなんとかしたいって言ってたんだから、不満や要望の1つや2つ、あるわよね？」

透花は自分が初体験話を訊かれた意趣返しもあり、とても楽しそうに美月に迫る。

「そ、そりゃぁ、あるけど……」

「「……(わくわく♪)」」

頬を染めて言い淀む美月だが、その逃げ道を塞ぐ様に迫る透花と雪菜。

やがて、観念した様で。真っ赤な顔で──

「…………悠也に、もっと触ってほしい」

「「…………はいっ⁉」」

「だ、だって！　あの一件以来、後ろから抱き付いてくるヤツやってくれないんだもん！　あれ、少し恥ずかしいけど凄く落ち着くし……それに悠也が我慢してるっぽいから、私から抱き付きに行くのも少し我慢して減らしてるし──って、あれ、どうしたの？」

美月の目の前には──頬を染め、思いっきり安堵の息を吐いている2人。

「焦ったわぁ……。『要望や不満』を求めたら『欲求の不満』の話をされたかと……」

「……ですね。不満以外の『溜まってる』って話をされたら、どうしようと……」

美月の『触ってほしい』から、妙な想像をしてしまった様子の2人。

しかし、美月は『きょとん』とした顔で。

「――はい？」

「「…………」」

状況を理解していない様子の美月に、少しイラっとした様子の２人。

そんな２人は視線で会話。……しかも、わざとらしく美月へのチラ見も始めた。

「え？　何、どうしたの？」

そんな様子に戸惑(とまど)い、尋(たず)ねた美月に、２人はニッコリ笑って。

「「何でもないよ？　ただ、美月ちゃんエロいなって♪」」

「え、えろ……!?」

「だって――真っ先に出た要望が『触ってほしい』じゃない♪」

「ッ！　ち、ちがうよ!?　そういう意味じゃ――」

「「(にこにこ)」」

慌(あわ)てている美月と――微笑ましく見守っている風の雪菜&透花。

……もちろん分かっていて、仕返しの意味もあってからかっているだけだったりする。

「〜〜〜っ！　そ、それより透花さんっ！　他にも訊きたい事があったんだけど!?」

「――はいはい♪　何かしら？」

話を変えようとする美月に『わかってますよ？』的な、慈愛の眼差しで応える透花。

美月もいい加減からかわれている事に気付き。無視して話を進める。

「……付き合った後とか、結婚した後とか。関係が変わった時に、相手への感じ方って変わったりしたのかなって」

そんな美月の発言に――苦し紛れの話題変換だと思っていたのか、少し驚いた顔をした透花だが。本気で訊かれていると理解して、少し考え。

「……そうね。基本的には変わっていないけど――無くはないわね。まずはやっぱり、安心感というか信頼感？　だから、ヤキモチとかはだいぶマシになったわね」

そう答えた透花に、雪菜が頷き。

「――分かります。私も大河くんと正式に付き合いだして、だいぶ落ち着きました」

「「…………え？」」

雪菜の発言に――『何言ってるの？』『落ち着いて、それ？』的な顔を向ける2名。

「さっきからヒドくない⁉　何の事を言われているかは分かるけど……本当にヤキモチは

マシになったんだよ？　ただ――敵は断固として排除するってだけで」

「……そういうトコだと思うよ、雪菜？」

「具体的に、どう違うのかしら……？」

自分の弁解に、さらにドン引きした様子の2人を見て、ちょっぴり反省した様子を見せた雪菜。その上で、改めて話し始める。

「……大河くんを本当に好きになって寄ってきたなら、仕方ないって思います。でも……立場や顔だけ見て『手に入れよう』って来る人は、完全に敵だという認識です」

「「――ああ、そういう……」」

悠也と伊槻にも、外見や立場などを目的に寄ってくる女性は多い。

美月も透花も、そういう相手は本当に嫌なため、心の底から納得の声をだした。

それを見て安心した雪菜が『やっとわかってもらえた』と――

「――で。排除するなら、二度とそんな事を考えられない様にするってだけです」

「「そういうトコだと思うよ!?」」

そうツッコミを入れられ『あれ？』といった顔をする雪菜。

「え？　２人とも、手心加えるの……？」

「手心とかの問題じゃないよ⁉　――私は、そのイヤな人が悠也にもう手を出さないなら、後はどうなろうが良いって思うかな」

「……私も大体同じね。っていうか雪菜ちゃん、完全にオーバーキル狙いじゃない。余計な敵を作らないためにも、もう少し穏便に済ませる事を考えた方が良いわよ？」

「え、えっと――善処します……？」

２人からの本気で心配されている感じの言葉を受け、少し自省の色をみせた雪菜。

そんな雪菜を『少しは落ち着いてくれれば良いけど……』といった顔で眺めた美月は、改めて透花に向き直り。

「それで話を戻すけど――透花さん、他に感じ方の変化って？」

「――あ、そうね。……まだ結婚して、そんなに経ってないからかもしれないけど――イベント事より、普段の些細な事で『幸せだな』って思う事が増えた……かしら？」

言いながら、徐々に頬を赤くしていく透花。

それを見ながら美月と雪菜は――笑みを『ニヤニヤ』に変えていく。

「なるほど――具体的には？」

「ぐ、具体的……っ⁉　そ、そうね――朝起きたら、隣の伊槻が『おはよう、透花』って言ってくれた時とか。疲れて帰って来たときに、好きな物作ってくれてて『おかえり』って言ってくれたり、とか……？」

言いながら、頬の赤みが増していき、俯いていく透花。

美月に乗せられたとはいえ、少し嬉しそうにも見える事から――意識してか否かはともかく惚気の意味もある様子。

それを微笑ましく見ながら……顔を見合わせて『ニヤリ』と笑う2人が。

「なるほど。わかる気はするけど……ね、雪菜？」

「――ね？　美月ちゃん♪」

「な、何よ……？」

不穏な雰囲気を感じて顔を上げた透花に、2人はニッコリと笑い。

「『透花さん、結構チョロい？』」

「ち、チョロい!?　そんな事ないわよ！　アレの破壊力は結構なモノなのよ!?」

「分からなくはないけど――そんなになる程かなーって？」

「……クリスマスとかより、こういう事に幸せ感じる様になっちゃったのよ！　美月ちゃんたちも分かる様になるわよ？　そういう雪菜ちゃんは、最近どうなの⁉」

「こ、こっちに来るんですか⁉」

「だって美月ちゃんのは、最新の惚気をさっき聞いたばっかじゃない」

「の、惚気っ⁉　そんなつもりは無いんだけど⁉」

「「立派な惚気だったよ！」」

以後。帰宅する時間が近づくまで、賑（にぎ）やかな話し声が続いていた――

◆　◆

「――よし、と。ちょうど良い時間に揚（あ）がったな」

目の前にある揚げたての天ぷらを見て――我ながら良い出来だと、自画自賛。

今日の夕食のメインは天ぷら。

夏場だから何となく遠ざかっていたが、昨日から無性（むしょう）に揚げ物（もの）系が食べたくなった。

それで、何を作ろうかと考え――昨日の買い物の際に各種の海老（えび）が安くなっていたため、メインは海老フライか天ぷらの2択に。

俺はフライ派で、美月は天ぷら派。だけど2人とも僅差の勝負で、どっちも好き。

それならば、と――今日は天ぷらにした。


少し前に、美月が部屋に帰宅した音がした。

そこから着替えや諸々を済ませて――もう間もなく来ると思われる。

天ぷらは今さっき出来たばかり。一番美味しい出来立てを食べられそうだ。

――ああ、そうだ。あと……。

夕食をテーブルに運びながら、最後に少しだけオマケを思いついたところで――隣の美月の部屋に繋がる、ベランダのガラス戸が開く音がして。

「――ただいま悠也っ♪　今日のご飯なに～？」

なんだか、少しテンションが高い声。

美月が照れ臭さを誤魔化す時に似ているが――理由が分からないので今はスルー。

「おかえり、美月。今日は天ぷらにしたんだ」

反応が楽しみで、自然と笑顔で出迎える形に。

「――。……え？　あ、う、うん。ただいま……」

「もう食べれる、っていうか出来立てだから、手を洗って――」

言いながら、少し急いでキッチンに向かおうとして――なんだか美月の反応が変だった気がした。気になって振り返ると……顔を真っ赤にして、呆けている美月が。

「……どうした、美月？」

「――ふぇ？　……う、な、なんでもないっ！　え、えっと……もう全部出来たの？」

我に返った様子の美月が、なぜか今度は慌て始めた……？

「いや、後はチョロっと――」

「わ、私チョロくないよ⁉」

……発言の途中で、顔が真っ赤な美月さんがカットインしてきました。

「『後はチョロっと抹茶塩でも用意しようかと』って、言おうと思ったんだが……？」

「――へ？　あ。え、……あ、あははは……」

「だ、大丈夫か……？」

なんだか先ほどから、妙に錯乱してるっぽい。

顔が赤いままなのもあり――念のためにと、美月の額に手を伸ばして――

「ふあ……」

「──熱は、そこまで無さそうだけど……ど、どうした？」

美月は──耳まで真っ赤にして俯き、潤んだ瞳の上目遣いで、俺を見て。

「……うん、大丈夫。手、洗ってくるね？　せっかく作ってくれた天ぷら、出来立て食べたいし……ね？」

「──あ、ああ。うん、待ってる」

洗面所に向かった美月は──顔の赤さはそのままだが、混乱からは抜けた様で落ち着いていて、足取りもしっかりしていた。

その代わり、妙に熱っぽい視線というか……正直、俺の理性への破壊力が高かった。

「何だったんだ、今の……？」

気になりはするが、考えても分かりそうにない。

だから今は、とりあえず食事の支度に集中する事にした。

──っと、忘れてた。抹茶塩、っと。

◆　◆

「――あの、美月さん？　どうしたんでしょうか……？」

「……うん、ごめん。ちょっと自分でも戸惑ってる所だから――ちょっと待って？」

応える声は――至近距離、俺の肩の上から。


あれから夕食にして。俺が作った天ぷらは良い出来で――美月も喜んでいた。

ただ、いつもより会話が少なかったのと……美月はときどき赤い顔で、俺をチラチラと見ていた。……『どうした？』って訊いても『なんでもない』って答えるし。

そんなこんなで食事は終わり。今日は美月が洗い物をしてくれるって言うから、それに甘える事にして。

ソファに座って、タブレットで調べ物をしていたら……洗い物を終わらせた美月が隣に座ってきて。そのまま何も言わずに、肩に寄り掛かってきて――今に至る。


――うん。状況を整理してみたけど、全く原因が分からないな！

美月は『ちょっと』と言いながら、この体勢になってから、もう20分ほど経過。

特に何も無い日なら、もう美月は自室に戻る時間。しかし――動きは無い。

美月は考え事をしているのか、ただボーっとしているのか。

俺の肩に頭を乗せたまま、俯き気味で床の方を見ているだけ。

美月の規則的な呼吸の音と……夏の夜ゆえの薄着を通して伝わる、体温。

それらを意識する度に……否が応でも自分の体温が上がるのを自覚してしまう。

――まさか、今夜は帰る気が無いのだろうか……？

そんな事を考えると、つい大河たちと話した会話が――そして、自分で思い浮かべた『暗黙の公認』なんて言葉が、頭を過ってしまい。

俺の心の中では――アクセルを踏む悪魔と、ブレーキを踏む天使が争っていて。

悪魔『行けぇ！　我慢する理由なんて最初からねぇんだ、この据え膳に食らいつけ！』

天使『――いけません。せめて許可を得てからにするのです』

……天使さん、ブレーキの踏み込み弱くない？

と、そんな脳内バトルを観戦していると――美月に、動きがあった。

少しモゾモゾと動いた後、頭を抱えたかと思うと――

「――ああ、もうッ！　やっぱりこんなウダウダしてるの、私らしくないっ!!」

そう言って、勢いよく顔を上げた美月。

……同意したい気もするが、原因がわからないので何も言えずにいると。

美月は俺に向き直り。そして、決意を固めた様な眼で――

「――その、え、えっと……ゆ、悠也！」

「は、はい？」

……固めた様に見えた『決意』は揺れ揺れだったけど、勢いに押されて応えると。

美月は、その顔を恥じらいに染めながらも……真っ直ぐに、俺を見て。

「その……悠也。――私を、触って……？」

――その瞬間、俺は理性に盛大なヒビが入る音を聞いた気がした。

ただでさえ暴走しかけていた所に、この表情で、この言葉は……。

悪魔『許可キタぁッ！　全力で食らいつけッ!!』

天使『――いけません。思い遣りを忘れずに行くのです』

天使さんも『GO！』出しちゃった⁉

……だけど。俺の良心的な部分ですらも大丈夫と判断しかけた事で、逆に疑問が。

――こんな訳が分からない状態で、突然に状況が整ったりするだろうか……？

そんな、出来過ぎた状況ゆえの疑問のお陰で、理性が再び作用し始め。

「……あのー、美月さん？」

「なに、悠也……？」

恥じらいに染まった顔の、潤んだ瞳を見ながら――本当に『その気』だったなら、無粋にも程がある質問を投げてみる。

「『触って』って――ドコを……？」

「――え？　…………ッ⁉　ち、違う！　そういう意味じゃな――……そういう意味でも良いけど――ってそうじゃなくて‼　とにかく違うんだよ⁉」

意味を理解したらしい美月さん、大慌て。本当に『そういう意味』ではなかった様子。

……発言の一部分はスルーします。せっかく落ち着いてきたんで。

とにかく――自分より慌てている人間が居ると、冷静になってくるもので。

むしろヤバイ状況から抜けた反動で、ここ最近は無かったくらいに落ち着いている。

だから……尚も慌てている美月を、そのまま抱き寄せた。

「……あ」

「——落ち着け、美月。もう勘違いはしてないから」

驚いたせいか、腕の中で硬くなっていた美月だが、そのまま頭を撫でると——徐々に力が抜けて来た。

「……えっと、ごめん悠也。——もう大丈夫」

「それは良かった。……離れたければ、離れていいぞ？」

「——なら。もう少しこうしてる～♪」

そう言って——よく懐いた猫の様に、自分の後頭部を俺の胸に擦り付ける美月。

この反応を見るに、どうやら完全に調子を取り戻したらしい。

安心して、猫化した美月を撫でたりして過ごした後——

「——で？　そろそろ諸々の理由を教えて貰いたいんだが？」

「あ、あはは……とりあえず今は、コレで満足しちゃってるんだけどねー」

「……ああ。『触って』って、こういう事か」

先走らなくて、本当に良かった。——いや、さっきスルーした内容を考えると……暴走していたとしても、それはそれで別展開があったっぽいけど。

それでも、心地好さそうに『ゴロゴロ』している美月を見ると、これが正解だったと思っている。……惜しかったかも、とは少し思うけど。

そして——そういえば夏休み最初の日以降、自分からは触れに行っていない気がする。

「……悠也は、我慢してくれてるんだよね？　それは分かってるんだけど——そのために触れ合いづらくなるなら……我慢、しないでくれた方が、嬉しいよ」

美月の頬は赤いままで——だけど先ほどの様な迷いも動揺もなく。

だから、こちらも思う事を素直に言う事にした。

「これから訊く事は……俺も訊きづらいが、美月も凄く答えづらいと思う」

「うん、いい。何でも答えるよ」

迷いの無い即答。だから俺も——『じゃあ』と前置きしてから。

「美月が、とっくの昔に覚悟している事は、もちろん知ってる。……だけど、それは『覚悟』であって——美月はソレを『望んでいる』のかな、と」

「…………あ、ああ、そういう事かぁ」

少し考えて、意図を理解した様子の美月。頬は赤いが——誤魔化し笑いをする事も無く、

俺に身を委ねたまま、答えを考えている様で。

「――『美月のため』というより、俺が『気になるから』だな。だから極端な話、美月自身が『そんなん気にせずヤれよ！』って言っても無理だと思う」

「あはは っ、悠也らしいね。――あのね？　先に答えを言うと……『わからない』かな」

腕の中から見上げてくる美月の言葉は、少し予想していたもので。

「――だよな。逆にどっちかを即答されてたら……それはそれで困ったかも」

「あははっ、そうかも！　――でもね？　私は悠也に触るのも、悠也に触られるのも好きだよ。だから、その結果として……その、勢い余っちゃって、ってなっても……私は多分『嬉しい』って思うだろうなって」

――結果は受け入れるが、『最後まで』を期待しているわけではない。

だいたい、見立て通りの答えではあったのだが……。

「あっ。……どうしたの、悠也？」

「……こうした方が動きが制限されるから、逆に理性を保ちやすいかな、って」

美月の背中に手を回し、完全に抱き合う形になってみた。

――至近距離で聞いた『そうなったら嬉しい』という言葉は、破壊力が大きく。

少し理性がピンチだったので、緊急回避を行った次第。

こうして完全にゼロ距離になれば、視覚情報も手を動かせる範囲も限られる。

そんな情けない事情を説明すると。美月は小さく笑って、俺の背中に手を回し。

「……ありがとね、悠也。そこまで私の事、考えてくれて」

「さっきも言ったけど、どっちかと言うと俺の我が儘だぞ？」


「──まぁ、少し『このヘタレが』とか『メンドクサっ！』とかも思ったけどねー」


不意に飛んできた言葉が、俺の心に突き刺さった。

「……容赦無いな？」

「うん♪　思った事は言おうって決めたから。──大丈夫。そんな所も好きだよ？」

「…………容赦無いな？」

「うん。──こっち方面も手加減しないって、今決めたから。だから……悠也も何でも言って？　悩みも、してほしい事も」

……精神への攻撃だけじゃなく、理性への攻撃もかましてきた。

美月らしく明るく──だけど真っ直ぐな、本心からの言葉。

……実は美月のこういう言動が、下手な露出や接触よりも俺の理性を削るんだが。

「以前もこんな話をしたよな……。わかった、約束する。もしそれでも俺が黙っているとか――他にも不満とかあったら、美月も遠慮無く言ってほしい」

「うんっ、それはもちろん。……それで、悠也？」

「ん、どうした？」

「『我慢』と『私が望んでいるか』っていう話、どうしよ？」

――その話を今の体勢でするの、結構キツイんですが……？

だけど、このまま終わらせるのも、消化不良で気持ち悪い。

即断は無理にしても……折角だから、ある程度の区切りは付けておきたい。

「――よし。じゃあ俺たちの誕生日までに、考えておいてほしい。それで決めよう」

「う、うん、いいけど――ねぇ、悠也？」

俺の提案に頷いた美月だが……また、頬の赤みが増してきて？

「……誕生日に、スルつもり？」

「親も来る旅行でデキるかぁぁあああッ!!」

俺と美月の誕生日には毎年、家族と親しい人たちとの旅行が恒例。

しかも俺と美月と両方の両親は同じ部屋。

そんな状況で、何か出来る程の勇者ではない。

「――考えるまでの区切りとして、丁度良いかと思っただけだ。それに、どういう形になるにしろ……勢いじゃなくて、ちゃんと場を整えたいと思うし」

「――うん、そうだね。（…………ニンニクもアルコールも回避したいし）」

同意してくれた美月だが――後半、何か小声で言ったか？

「？　何か言ったか？」

「な、なんでもないよっ⁉」

明らかに挙動不審なため、何か言ったのは分かるが……雰囲気的に、そう深刻なモノでもなさそうだから、スルーしようか。

――ああ、そうだ。挙動不審といえば。

「そういえば、美月？　今日、帰ってきてからの挙動不審は何だったんだ？」

「――ッ⁉　あ、え、えっと……も、黙秘しますっ！」

美月さん、瞬時に顔が真っ赤になって、断固拒否の構え。

しかし、これは明らかに俺が関わっているため、もの凄く気になるわけで。

「さっきは『何でも言って？』って可愛らしく言ってただろ⁉」

「い～や～だ～ッ！　あの時の心情を改めて解説とか無理だよ⁉　そんな羞恥プレイ、悠也の趣味全開のフェチなコスプレしろって命令より無理ッ！」

「……それはそれで気になるが」

「……男の子だねぇ」

「どうもすみません……って！　誤魔化されないからな⁉」

「わあぁっ⁉　い～や～だぁ～！」


——そんな、今までの良い雰囲気を完全にブチ壊しにする追い掛けっこの後。

羞恥に震える美月から、事情を聞きだした。


「……透花さんと似たシチュの話をしてたからだと思うけど。笑って出迎えてくれた悠也を見て——『幸せだな』『悠也のこと好きだな』って、すごく思っちゃって……」


……揃って悶える事になる俺たちだった。

がんばれ、俺の理性。

◆　◆

――余談だが。この後、美月は透花さんにメールを送ったらしく。

『チョロいって言ってごめんなさい。あれは……ちょっとヤバかったです』

そのメールがツボにハマったそうで、透花さん爆笑。

お腹を抱えて笑っているところに、兄さんが登場。

『お腹を抱えてうずくまる透花さん（妊婦）』を見て大慌てをして――

もう少しで救急車を呼ぶ大騒動になったらしい。

その件の愚痴を後日、俺は兄さんから、美月は透花さんから受けた。

――俺たちのせいじゃ、ないと思うよ？

2章 ››› 幼き頃から秘めたもの

「……大河、こういうのも似合うからズルイよなぁ」

「そうですか？　悠也も十分お似合いだと思いますが」

現在は夕刻。ここは俺たちが済むマンションの、雪菜の部屋の前。

俺と大河は現在、中で着替え中の美月と雪菜を待っていた。


そして、俺と大河の格好は——浴衣。

両方ともそんなに凝った柄ではないが、俺はグレーで、大河は紺色の生地。

普段の大河に和服の印象など無いが、紺色の生地は知的な印象を与える大河の容貌に合っているし、そもそも浴衣自体が、長身かつ実は細マッチョな大河と相性が良い。

「筋肉は努力の賜物だけど……顔と背はどうしようもないから羨ましい」

「……私から見れば悠也も『品の良い若旦那風』で、十分以上だと思うのですが——まぁいいではないですか。どのみち今日は、我々の服装などオマケでしょう？」

確かに大河の言うとおり、あくまで俺たちは添え物。

メインはこれから来る——

「大河くん、悠也くん、お待たせ」「お待たせ～♪」

——ちょうど、その『メインたち』の支度が終わったらしく。

俺と大河が、開いた扉の方に眼を向けると。

「わぁ……悠也も大河くんも、やっぱり似合うね！」

「ね？　大河くんは浴衣と相性良いとは思ってたけど、悠也くんも予想以上だね！　さすが美月ちゃん、良い仕事♪」

「雪菜チョイスの大河くんのも、良い感じだよ～♪」

そんな会話が耳には入るが……正直、どうでも良かった。

——俺と大河の視線と意識は、一瞬で２人の姿に釘付けになっていたのだから。

予想しているだろうが、美月と雪菜も浴衣姿で。

美月の浴衣は、白地に――柄の花は芍薬、だろうか。

元々（黙っていれば）凛々しい系の整った顔立ちの美月には、涼やかな印象を与える芍薬柄の浴衣が、とてもよく似合っていて。

そして綺麗な黒髪はアップにまとめられ、薄く化粧も施された姿は、いつもとは違った大人っぽい色気を感じさせる。

雪菜の浴衣は、白地に藤の花の柄。

明るい色彩でありながら、清らかさを感じさせる藤の花の取り合わせは、見る者に清楚・可憐な印象を与える。

大人しく可愛い系の容姿の雪菜に、実によく似合っていた。

――さて。何て言って誉めようかな、と。

冗談でならサラっと言えるが、あからさまに見惚れてしまった以上、本気で言わないと気が済まないわけで――などと考えている内に、大河が先に動いて。

「――思わず見惚れていました。さすがですね、とても似合っています。……やはり雪菜には、明るい色合いが合いますね」

「……うんっ♪　ありがとう。大河くんの浴衣姿も、凄くいいと思う。――私でも、ちょっとドキドキする」

「――ありがとうございます、雪菜」

そんな遣り取りの後、少し照れた顔で微笑み合う2人。

……いやぁ大河くん、相変わらず彼氏力高いねぇ。

スマートに、簡潔かつ的確に誉めた大河。それを受ける雪菜の方も、落ち着いた笑みで受け入れ、自然に誉め言葉を返した。

――こいつら、前世は貴族とかだったりしないか？

「いやぁ、2人ともさすがだねぇ。ね、悠也♪」

どうやら同じ感想らしい美月が寄ってきて、楽しそうな顔で。

「――だな。……あー、っと。それで、だけど――」

「あははっ！　いいよ、悠也。ご好評いただけたのは反応で分かったし♪」

伝えるべき言葉がまとまっておらず、言葉に詰まった俺に、笑って言う美月。

しかし……黙ったままというのは、気が済まないわけで。

だから俺は『気の利いた言葉』等と考えるのは止め、直球で行くことに決めた。

……だけど少しヘタレて、美月の耳元に口を近付け。

「（――大人っぽくて凄く綺麗で、見惚れてた。……惚れ直した）」

「――っ、あ、ありがと……」

驚いた顔をした後、それだけ言って――真っ赤になって俯いてしまった美月。

そして、その後ろに見える大河と雪菜は、こちらを微笑ましそうな顔で見ていて。

「さ、さて！　そろそろ行こうか。待ち合わせもあるしなっ」

「そうだねっ！　た、楽しみだよね～！」

照れくささを誤魔化すためのハイテンション。……バレバレなのは分かっているけど。

俺と美月は――背後から微笑ましいモノを見守る様な、それでいて困った人に向けるような視線（ｘ２）を無視して、エレベーターに向かって歩き出した。

◆　◆

8月というこの時期に浴衣という時点で、察しているとは思うが。

俺たちが向かっているのは、花火大会。

といっても、TV中継が入る様な大きなものではなく、小〜中規模のもの。

しかもそう離れていない場所で近い時期に大規模な花火大会があるため、こちらは注目度が低い。

しかし、だからこそ穴場的な大会と言え、電車1本で行ける俺たちとしては、人混みも大した事がないのが嬉しい。

そして、実は現地近くの駅で待ち合わせをしているのだが——


「——あっ、居た♪　美月おねーさん、雪菜おねーさん、こっちです！」


そんな元気な声が聞こえてきた。

そちらに目を向けると——待ち合わせしていた2人が。

同級生の安室直継と、その安室にアタック中の小学生、笹崎美羽。

美羽ちゃんは、薄桃色の生地に桜の柄が入った浴衣。

初めて会った時こそ大人しい系の子かと思っていたが……実際は可愛らしくも相当にアグレッシブな、元気いっぱいの子。

そんな彼女に、大人しめの配色でありながら、可愛らしさと華やかさも感じさせる浴衣は、よく似合っていた。


安室の方は、ベージュ色の生地の浴衣。

明るい色に染めている髪に合う様にしたのか、なかなかにセンスが良いと思った。

……思った、のだが——


「——どうした？　何か言いたい事でも？」

どうやら自覚があるのか、そんな事を言ってきた安室。

「いや、似合っているとは思うぞ？　割と本気で。ただ……なぁ大河？」

「……ですね。確かに似合ってはいますが——という話ですね」

俺と大河が話す横で、美月と雪菜も苦笑いしていて。

安室は、何を言われるか分かっている様子で。ならばと、俺たちは声を揃え。

「「「――チャラいな、と？」」」

「絶対に言われると思ったわ！」

逆ギレ気味の安室くん。

首にはネックレス、腕にはブレスレット。それらが微妙に着崩した浴衣から見える様子が、『だらしない』にならない絶妙なラインでチャラさを演出している。

「いや実際のところ、かなり良いと思うぞ？　意表を突かれたからツッコんだけど」

「素直に喜べない……ちなみにコレ、美羽のプロデュースな」

「「「はぁ!?」」」

発言に驚いて、その傍らを見ると。

浴衣姿の幼女さまが『えっへん！』といった感じで胸を張っていて。

「だって。おにいちゃんがカッチリ着ても……おにーさんたちみたいには、ならないじゃないですか。ならばいっそ――って感じでコーデしてみました♪」

そんな事を、楽しそうに言う美羽ちゃん。

……本当に、あなどれない幼女さまで。

「あははっ、さすが美羽ちゃん！　あと、美羽ちゃんの浴衣もすっごく可愛いよ♪」

「ありがとうございます、美月おねーさん♪　美月おねーさんも、雪菜おねーさんも、とっても素敵です！」

「ありがとう、美羽ちゃん♪」

美月が話しかけると、あっさり安室の腕を放して『おねーさんたち』との話に夢中になる美羽ちゃん。

この３人、普段からちょくちょくメッセージを送り合うくらいには仲が良く。

そもそも今回、俺たちと安室&美羽ちゃんは、別口で行く予定だった。

この３人が遣り取り中に、その事を知って。それで『じゃあ一緒に行かない？』となって。俺たち男性陣も、特に断る理由がなかったので——という経緯。

そんな、仲良くお話し中の３人を眺めながら。

男３人になった所で、つい言葉が漏れた。

「まぁ、これだけでも来て良かったな。……目の保養的に」

俺の発言に『うんうん』と頷く2名。

「……浴衣って露出度は低いのに、妙に色気が出るよな。健全な色気、というか」

続いた安室の発言に、俺も大河も同意の『うんうんうん』。

そして大河も——少し言うか迷った素振りを見せてから。

「しかも、それが自分の最も親しい女性となると……思わず幸福感というか優越感というか——それでいて、妙に落ち着かない浮ついた気分に……」

「「わかるっ！」」

大河の言葉に、全力で同意する俺と安室。

こういう場所で、自分のお相手の色気を実感してしまうと——……うん？


……何か、おかしな事が無かったか？


ここまでの発言と各々の反応を振り返り、そして女性陣3人を見て——

「「……え？」」「……はい？　——あっ」

安室の方を向く、俺と大河。

安室も己の発言に気付いたらしいが——

「「お前（貴方）はわかっちゃダメだろう（でしょう）ッ!?」」

女性陣の年齢、美月&雪菜（高2）、美羽ちゃん（小5）。

安室よ。小5（11歳）相手に色気とか言っちゃうのはアウトです。

「……ち、違う！　美羽に色気を感じていたわけではなく――」

「「ほう……？」」

安室が何か変な事を言いだしたため、俺と大河は揃って『優しく』話し掛ける。

「「つまり――残る2人のどちらかを、エロい眼で見た、と……？」」

「…………」

安室くん、なぜか顔色が悪くなって震え始めました。夏風邪でしょうか？

その後、横に下に斜め上にと、あちこちに視線を彷徨わせてから……諦めた様に。

「……イエス・サー。色気を感じたのは美羽にでございま――」

「おにいちゃん、本当っ⁉」

「「「…………」」」

いつの間にか、間近に幼女さまが出現しておりました。

……色気云々の話をしだした関係上、女性陣とある程度の距離は取っていた。

現に、美月と雪菜は少し離れた場所で『……え？』って顔しているし。

要人警護等の訓練を受けた事がある大河も、完全に虚を突かれた顔をしている。

美羽ちゃん、キミは何者……？

――とにかく。狙い澄ました奇襲攻撃を受けた安室の方は。

俺と大河の方に視線を何度か向け。そして、天を仰いだ後。

「……あい。美羽に色気を感じてました」

「わ〜い♪　これで既成事実に一歩近づきましたぁっ！」

背後に『人生オワタ』とでもテロップが出そうな様子で言った安室と、それを聞いて無邪気（？）に喜ぶ美羽ちゃん。

……安室のこの発言、俺と大河を恐れて言わざるを得なかったのか、それとも本当に美羽ちゃんに色気を感じていたのか。

――なんとなく、後者な気がするんだよなぁ。

そして美羽ちゃん、発言には気を付けようね？

安室くん、通りすがりの女性たちからドブネズミを見る眼で見られてるから。

◆　◆

あの後、俺たちは移動し。花火会場近くの、屋台が出ている区画に。

先に語ったとおりに規模は小さいため、屋台も多く出ているわけではない。

しかしそれでも、縁日等で定番の屋台は一通り出ていて。

花火が始まるまでは時間があり、夕食もまだな俺たちは、屋台巡りをする事に。


こうなるとテンションが上がるのは、やっぱり子供の美羽ちゃん――

「ゆぅ〜や〜！　次はやきとり食べよ♪　あっ、りんご飴！　美羽ちゃんも食べる？」

「わぁっ♪　食べます！」

……小学生と同等以上にはしゃぐ美月。

この区画に来て一発目で焼そば屋に突撃。あっさり平らげ。

その次はたこ焼を、今食べる用と後で食べる用を購入。『ねこ舌ってなんですか？』という勢いで食べた後、先ほどはフランクフルトを食べきった。

途中で遊び系の屋台にも行ったとはいえ――淑やかな印象を与える格好で、全力で食い気に走っている美月さん。

――まぁ『これでこそ美月』って感じはするんだけどね。

苦笑いしながら美月に近付き――気が付いて、ポケットティッシュを取り出し。

「美月、口元にケチャップ付いてるぞ？」

「え？　わっ……、うん、ありがと悠也♪」

美月の口元を拭ってやると……少し恥ずかしそうにした後、嬉しそうに微笑んだ。

「――浴衣は汚すなよ？」

「うんっ、それは気を付けてるー」

そう言って、楽しそうにりんご飴を買いに行く美月。

……不意打ちの笑顔で心拍数が上がった事に、気付かれたか否か。

そんな俺に背後から、生暖かい視線が3つ。――雪菜、大河、安室か。

そして残る1人、美羽ちゃんは。

少し何かを考えていた様だが――『よしっ』と気合いを入れたと思ったら、手に持っていた食べかけのフランクフルトにかぶりつき。

もぐもぐと食べきったと思ったら、安室の方に向かって――

「おにぃ～ちゃん♪」

「……………あいよ」

活用できそうなものは即座に取り入れる、とっても貪欲な11歳。

拭いてもらいに行った美羽ちゃんの口元を、少し恥ずかしげに拭う安室。

「なぁ安室？」

「………………なんだよ？」

「そこで恥ずかしそうにしちゃうから、余計『事案』に見えるんだぞ？」

「や、やかましいわッ！」

俺の言葉に安室くん、さらに紅くなって抗議の逆ギレ。

ちなみに大河と雪菜は、俺の方に『うんうん』と同意の頷きをしていた。

「ただいま〜、はいっ美羽ちゃん、雪菜も♪」

「ありがとうございます♪」「あ、あははっ、ありがと美月ちゃん」

美月が、りんご飴を買って戻ってきた。

嬉しそうに受け取った美羽ちゃんと、そろそろお腹いっぱいなのか、少し苦笑い気味の対応で受け取った雪菜。

「……美月ちゃんも美羽ちゃんも、さっきからかなり食べてるけど──大丈夫？　お腹の容量もだけど、カロリー的な意味でも」

「え？　うん♪　ちゃんと運動するから、今日1日くらいは食い倒れしても大丈夫～。帯が苦しくなったら止めるつもりだけど」

「あはは……私はインドアだし、これで止めとくよ。美羽ちゃん、どうする？」

「──えっと、私はまだ食べられますけど……」

訊かれて、どうしようか悩む様子を見せた美羽ちゃん。

美月と雪菜の顔を交互に見て──その後、美月と雪菜の『顔の下』を見て……？

「いっぱい食べる事にします♪」

「……待って美羽ちゃん。今、何を比べて決め手にした？」

頬を引きつらせた雪菜が、美羽ちゃんに事情聴取。

美月も気まずげに視線を逸らす中、美羽ちゃんは『きょとん』とした顔で。

「──え？　お胸ですけど？」

「美羽ちゃん少しはオブラートに包もう⁉」

無垢な瞳で、当然の様に放たれた言葉。それに貫かれた雪菜さん、涙目でツッコミ。

男性陣一同と美月が、美羽ちゃんに驚異的なモノを見る眼を向ける中──

幼女さんは、なおも『きょとん』顔で。

「え？　確かにお胸は美月おねーさんが圧勝ですけど……それとは関係無く、雪菜おねーさんはとっても可愛いですし、美月おねーさんはとっても綺麗ですよね？」

「え？　え、えっと——あ、ありがとう……？」

可愛らしく、小首を傾げながら言う美羽ちゃん。

悲しんで良いのか喜んで良いのか、微妙な顔の雪菜に向かって、さらに続ける。

「せっかく良いお手本が２人も居るんですから、私はイイトコ取りを目指しますっ♪」

「「「「…………」」」」

おそらく今、全員の心の声が一致したと思われる。

『美羽ちゃん、おそろしい子……！』と。

普通の小5女児が言ったら『微笑ましい』で済むはずが、この子が言ったら本気で『末恐ろしい』と思えるのは、なぜだろうか？

……現に安室は、なんか顔が青くなってるし。

将来的に安室に待っている未来は……最高の勝ち組か、最悪な犠牲者か。その２択しか無い気がしてきた。

――これ以上は、あんまり考えない方が良いな。

妙な雰囲気になってしまった事もあり、話を変える事にした。

そもそも……女性の体形の話とか、男には鬼門でしかないし。

「――こほん。太る太らないとか体形の事はともかく……とりあえず、美月は甘い物が好きなのに未だに虫歯1つ無いのは、素直に羨ましいと思うんだが？」

「っ⁉　そ、それは羨ましいですっ！　秘訣はなんですかっ⁉」

即座に食いついてきて、美月に迫る美羽ちゃん。

美羽ちゃんも、さすがに虫歯はイヤらしい。全お子さまが恐れる対象、歯医者さん。

「え、えっと――普通に歯磨きしていれば、ならないんじゃないの……？」

「いや……そうでもないぞ、伏見。きっちり歯磨きした上で歯間ブラシ使ってても、虫歯になるヤツはなるし」

続いて、安室も話に食いついてきた。

話を変えたかったからかとも思ったが、どうやら本当に気になるからの様子。

「安室、お前も虫歯や歯医者が怖い人か？」

「いや、あんな人体掘削工事、好き好んで受けたいヤツは居ないだろ……」

……『人体掘削工事』て。言い得て妙ではあるが。

「少し調べて、なんか口内細菌とか唾液の質とかが関係してる、とかあったけど……」

「そういえば……たしか大河くんも、虫歯無かったよね？」

俺に続いた雪菜の言葉に、今度は全員の視線が大河に集まった。

言われてみれば……大河は特にホワイトニング等はしていないはずなのに、驚く程に歯が白い。それこそ、そのまま歯磨き系のＣＭに出られそうな程に。

それでいて虫歯も無いとなれば――本当に、何か秘訣でもあるのか？

「……確かに、私は虫歯になった事はありません。その理由ですが――」

「「「「……（ごくりっ）」」」」

大河の発言に、全員が意識を集中させる。

そんな中、大河は臆さずに堂々と口を開き。

「筋肉を鍛えれば、歯も強くなります！」

「「「「無いわッ!!」」」」

美羽ちゃんまでも参加した総ツッコミ。

しかし大河は、先の美羽ちゃん並みの『きょとん』顔で。

「……そうでしょうか？　他に、特に変わった事はしていないのですが？」

「いや、だからってソレは無いだろ……。その筋肉万能信仰はどうかと思うぞ？」

「いえ、それは心外です悠也。さすがの私も、筋肉があれば何でも出来る、等とは考えていませんよ？」

「……そうなのか？」

妙な疲労を感じながら抗議すると、本当に心外そうな顔で言ってきた大河。

俺も、大河を馬鹿だと思っているわけではない。

それでも、時々思考がバグる、または予想外の事をしでかしたり……『何かあった時の筋肉頼り』という筋肉信仰を掲げる信者。

そこら辺は『どうにかした方が良いんじゃね？』と思っていたのだが……？

「――私は筋肉が万能だ等とは考えていません。しかし、どうしようもない壁が立ちはだかった時、それを打ち破るのは筋肉だと信じているだけです！」

「……左様ですか」

「よって――『対処法が不明な事態がある』↓『それを私が対処出来ている』↓『壁を打ち破れている』↓『筋肉のおかげ』という理論です。どこか破綻しておりますか？」

……破綻はしておりません。ただ、最初からズレているだけです。

しかし、それを指摘しても改善させられる気がしない。

「……あ、雪菜？　そろそろ例の場所まで移動した方が良いかな？」

「んー、花火が始まるまでなら、まだ大丈夫だけど……そうだね。ゆっくりしたいなら、そろそろ移動を考えてもいいかも？」

「そういえば、私有地に入らせて貰えるんだっけ？　俺と美羽も、良いのか？」

「うんっ、大丈夫だよー。って、雪菜がお仕事で助けた人の私有地なんだけどね？　去年お礼にって誘われて――今回もちゃんと許可取ってるよー」

「……雪菜おねーさんのお仕事で、ここら辺――もしかして、この前聞いた『あの件』です？　大丈夫なんですか？」

「うんっ。ちゃんと『処理』は終わってるから、大丈夫だよ？」

「美羽、沢渡。何の話を……？」

……大河の相手を俺に任せ、皆さんは距離を取って和気藹々と会話を。――ちょっと、不穏なお話も交ざってるけど。

だけど――美月が言っていた様に、ゆっくりしたいなら移動を考えた方が良い時間かもしれない。だから、そろそろ大河を正気に……おや？

大河の方に目を向けていると、その背後から近づいて来る小さな影が――

「――パパっ！　やっと見つけたぁっ!!」

「…………は？」

――瞬間。時が止まった気がした。

見知らぬ少女が、大河に後ろから抱き付いていて、『パパ』と。

俺たちは突然の事に驚き、固まった後――

とんでもない悪寒を感じ、視線が１人に集中した。その先には……雪菜。

「……大河くぅん♪　どうしたのかなぁ～？」

「ッ!?　い、いやいやいや！　違いますッ!!　そんなわけないですよね!?」

とっても可憐な笑みで、凄まじい暗黒オーラを噴出させている雪菜サン。

大河くん、大慌てで無罪を主張。

……実際、その少女は美羽ちゃんより小さいとはいえ――多分、小学生。

大河が浮気は有り得ないが……万が一、億が一があったとしても、年齢的に無理。

「うぅ……分かってるけど！　大河くんを『パパ』って呼んでいいのは、未来の私と私たちの子供だけだもんッ！」

「「「重いわッ!!」」」

俺、美月、安室が、その重たい愛の叫びにツッコミを。

……だけど美羽ちゃん。なぜに『うんうん』とかやってるのでしょう？

そして当事者の大河くん。君も君で、嬉しそうな顔している場合じゃないと思うよ？

と、俺たちがそんな遣り取りをしている内に、その迷子と思われる女の子も、異常に気付いたらしく……『えっ？』という顔で大河を見上げ――

「――ぱ、パパじゃないっ!?　パパこんなイケメンじゃないもん！　パパどこぉ～!?　もう『パパくさいからイヤ！』とか言わないからあぁっ!!」

「「…………」」

男性陣3名、揃って目元を押さえました。

――この子のお父さんの状況が……将来的に、他人事じゃないって思ってしまい。

そんな理由で男子3人が行動不能に陥っている間に、動き出していたのは雪菜。

雪菜は、泣きじゃくる女の子の前でしゃがんで、頭を撫でながら――

「――こんばんは。あなたのお名前は、何ていうのかな？」

微笑みながらの問いかけに、女の子は泣きながら……でも少しだけ落ち着いた様子で。

「……さあや。――『みなかみ さあや』っていいます」

「――さあやちゃん、ね。さあやちゃんは、パパと来たのかな？」

「……うんっ。あとママと、いもうとも」

「そっか。さあやちゃんは、お姉ちゃんなんだね」

「うんっ！」

小さな子を囲む形にならない様に、大河と雪菜以外は、少し離れて成り行きを見守る。

そして雪菜が、女の子と話をしながら――大河に目配せ。

それを受けて、大河がスマホを取り出し……何かを調べ始め。

「――さあやちゃんのパパとママは、今日はどんな服を着てた？」

「パパは、おにいちゃんとおなじ服！　ママは、おなじ色で……アサガオの絵？　いもうとは、わたしとおなじ服っ」

いつの間にか、泣き止んでいる女の子。その子に未だ浴衣を掴まれたままの大河が電話をかけ始め――どうやら、この花火大会の運営事務局の様子。

「――ええ。迷子らしく。名前は『みなかみ　さあや』と。それでご両親は――」

「あのねっ？　パパはそんなでもないけど、ママはとってもキレイだよ！」

「そ、そうなんだ？　パパとママの事、好き？」

「うんっ！　いもうとも、おねえちゃんたちもっ！」

……また、顔も知らぬパパさんが軽くディスられたが――どうやら大家族の様子？　最低でも妹と、年上の姉が複数いるっぽいし。――ちょっと羨ましいと思いつつ。

「――ええ。お父さんの方は非イケメンらしく……え？　今来た？」

「「「っ！」」」

大河の口から出た『今来た』という言葉に全員が反応。

女の子も含めた全員が、大河に注目し。

「――分かりました。そちらに、お嬢さんをお連れします。――はい、では」

そう締め括った大河が通話を切り——集まっている視線に苦笑い。

自分を見上げる女の子の頭を撫でてから、こちらに向かって。

「……というわけで。事務局の方にご家族らしき方々がいらっしゃっている様です。ですから——ご安心ください、さあやさん？　すぐに会えますよ」

「っ！　うん！　ありがとっ!!」

後半は、雪菜と同様にしゃがんで、女の子と目線の高さを合わせて。

そんな大河に、抱きつく女の子。

「——そんなわけで、私はこの子を送り届けて来ますので……皆さんは、先に例の場所に向かっていていただけますか？」

「ああ、分かった。それで——」

大河の発言に『1人でいいのか？』と続けようと思ったが、その必要は無い様で。

「——雪菜。すみませんが、付き合っていただけますか？　私1人では……その、事案に思われる可能性があるので」

「うん♪　最初から、そのつもりだったから」

当然の様に誘う大河。当然の様に応える雪菜。

ここら辺は、やはり付き合いが長い2人ならではで。

「――どうでもいいけどさ？　なんで『事案』の所で俺の方をチラ見した……？」

「……さて、そろそろ行きますね。皆さんも先に行っていてください」

「私たちも、すぐに追いかけるから。――じゃあ、さあやちゃん。行こ？」

「うんっ♪　じゃあね！」

……安室の抗議を、揃って綺麗に流して去っていく大河たち。

女の子――さあやちゃんは、俺たちに手を振った後。片手を大河と、もう片方を雪菜と繋いで楽しそうに歩いて行った。

「――さて。それじゃあ俺たちも移動しようか……ん？　どうした美羽ちゃん？」

さあやちゃんを案内していく雪菜と大河を見て、首を傾げている美羽ちゃん。

それに気付いて声を掛けると、言うかどうかを少し迷った後。

「……えっと。雪菜おねーさんたちって、どういう関係なのかなって……」

「「…………」」

その質問に、思わず黙り込んでしまう俺と美月。

「――は？　確か……家が近所で幼稚園からの幼馴染、って話は聞いたが？」

「えっと、なんだか２人とも『お互いしか居ない』って感じが、美月おねーさんたちより強そうっていうか……。たとえば、美月おねーさんたちは、もし１人になっても大丈夫そうだけど――雪菜おねーさんたちは、ちょっと想像できないというか……？」

そんな美羽ちゃんの発言に――いろいろ知っている俺は、軽く戦慄を覚えた。

「……美羽ちゃん、どこを見てそう思った？」

「んー、力関係、でしょうか？　いつもは雪菜おねーさんの方が強そうだけど、大河おにーさんが守ってるって感じもして。大河おにーさんも、守っているみたいだけど……雪菜おねーさんが居ないとダメな気もして？」

……美羽ちゃん、ソレに気付いちゃうか。

「あと大河おにーさんも、なんだか不思議な人ですよね？　頭良さそうなのに、あんなに空気が読めなくて……なのに、すごく勘も良くて？」

あの２人には、少し事情があって――その原因が、実は大河にあったりする。

だから美羽ちゃんの言った事は、紛れもなく大正解で。

「あはは……本当、すごいね美羽ちゃん。ハッキリと違和感に気付いた人って、ほとんど居ないんだよ？」

「――だな。しかも大河を『不思議な人』って言ったのも大当たりだし。……まぁ2人とも言わないだけで、隠してるわけではないらしいんだけど」

「え？　……ありがとうございます？」

事情を知らないのに褒められて、戸惑い気味に応えた美羽ちゃん。

「あの2人に何があるんだ？　馴れ初めが『家が近所で～』ってのは嘘なのか？」

「いや、それも本当。ただ、それに加えてって話。概要だけ言っちゃうと……幼稚園時代から浮いてた大河が、イジメられてた雪菜を助けて、懐いて来た雪菜に絆された、って所かな？　――だけど、本題は『大河が浮いていた理由』なんだが……聞くか？」

安室の疑問に回答した上で訊き返すと、むしろ戸惑った様子に。

「そりゃあ聞きたいが……いいのか？　本人たちが居ない所で話して」

「さっきも言ったけど、本人たちも隠しているわけじゃないからな。さすがに俺たちから話したり、クラス中にとかはダメだろうけど」

「安室くんと美羽ちゃんになら、ちゃんと後で『話した』って言えば大丈夫だよー」

それに、これから話すのは大河の特技にも関係する話。

そのため、将来的に雪菜の部下になる可能性が高い美羽ちゃんは、そのうち雪菜から聞く事になっていた可能性もある。

と、そんな説明をしたところ、安室はまだ少し戸惑い気味なのに対し――やっぱり幼女さまは思い切りがよろしい様で。

「えっと……教えてもらえるなら、聞きたいです！　雪菜おねーさんたちが今みたいな関係に、どうやってなったか知りたいです！」

「んじゃ、歩きながら話すか。――安室、『エンパス』って知ってるか？」

「『エンパス』？　……なんか聞き覚えがある気もするが、ピンとはこないな」

花火を見る予定の場所に向かって歩き出しながら話すと、首を傾げる安室。

「あはは、そんなメジャーって程でもないからねー。じゃあ『サイコパス』は？」

「……ソレは知ってる。エグい事も平気でやる人間だろ？」

「まぁ、間違ってはいないな。正確には『共感性が無い、または著しく低い人』だな。……で、それの真逆がエンパス。『共感性が高過ぎる人』の事だよ」

サイコパスの方は悪い意味で有名だから、説明には都合が良い。

「人によって色々違うみたいだけど、酷いと大変みたいだよ？　無意識に周りの人に共感しちゃって――他人の感情と自分の感情の区別が付きにくくなって錯乱したり、とか」

「――それが大河おにーさん、なんですか？」

「……そういう事。普段の大河は『空気が読めない』んじゃなく、意図的に『読んでいない』だけ。本来は周囲の感情に人一倍敏感なんだよ。……人が多い所だと、気を付けないと無意識に他人に共感・感情移入しちゃって、自分の感情と混同しやすいらしくて」

超能力的な扱いをしている所もあるが、当人の話では、そういうのではないらしい。

大河は『ただの精神的な過敏症みたいなものです』って言っていたが――診断が下された小2あたりまでは、そのせいで感情がグチャグチャだった様で。

「――すまん、ちょっと『自分の感情と混同する』っていうのが理解できないんだが？」

「あはは、まぁそうだよねぇ。私たちも体験してるわけじゃないから『多分こういう事だろう』って事しか言えないんだけど――」

安室の言った事に『ごもっとも』と思いつつ……ある意味、ちょうど良いとも思った。

大河たちの苦労話になるため、ちょっと本気で話すと、かなり重い話になる。

それは大河たちも望む所ではないだろうから――少し面白い方向で行くか。

「――例えば集団でカラオケ行って『うまぴょい〇説』歌って盛り上がっていたとする」

「……はい？　なんで『ウ○娘（むすめ）』――まぁいいけど」

♪――今日のステージの女神（めがみ）は　あたしだけにギュッと――♪

「そこでいきなり音楽と画像に『ドナドナ』が加わったら、どう思う？」

♪――ドナドナド～ナ～、ド～ナ～　荷馬車がゆ～れる～――♪

「うまぴょい出荷（しゅっか）しないで⁉」

全力でツッコミ入れた安室の横では、美羽ちゃんも頬を引きつらせている。

「んで、そこに『俺（お）ら東京○行ぐだ』あたりも追加しようか」

♪――テレビも無ェ、ラジオも無ェ――♪

「意味がわからないッ‼」

――『うまぴょい東京さ行ぐだ（出荷）』。もうタイトルからは曲調すら予想できない。

「あ、あはは……今の悠也のは極端（きょくたん）に言った感じだけど――でも本当にカラオケでたとえるなら、違う曲の映像と音楽が同時に流れて来る感じ、らしいよ？」

「さすがに少し悪ノリしすぎた感はあるが――まぁこんな感じで複数の曲と映像が入り交じった状況で、元の曲を情感たっぷりに歌うなんて、無理だろ？　ちなみに曲数も曲目も、それぞれの音楽の音量もランダムな」

「出来る気がしませんっ！　もともと何を歌う気だったのかも忘れそうです……」

「他の音量次第だと、元の曲が全く聞こえなくなりそうだし――なるほど。そんな状態が、周囲に人が増えればさらに酷くなるのか。そりゃ錯乱もするよな……」

時も場所も内容も選ばない、疑似的な『感情の流入・混線』。

当然、愉快な感じのモノばかりではなく――むしろネガティブなモノの方が強く、数も多かったらしいが。

「……で。そんな事があるから、子供の頃の大河くんは他人と距離を取ってたらしいんだけど――そこで、イジメられてる雪菜を見つけて、そのまま助けたんだって」

当人は『単に助けたかっただけなのか、雪菜の苦しさを拾ってしまって、その苦しみから逃れるためなのかは、自分でも分かりません』って言っていた。

「幸い、イジメは先生と保護者が介入して、少ししたら収まったらしいんだが……環境の変化や揉め事が多かったせいか、小学校入りたての頃が一番酷かったそうだ。その頃は自分の性格とか――そもそも自分が誰か分からなくなる事もあったって言ってた」

当時は、大河の両親も状況を把握できていなかったらしい。だからそんな状況で、大河に味方をしてくれる理解者は、雪菜だけだった。

「――で、そんな不安を口に出した大河くんに言った事が、今の関係の大本だって」

「……何て言ったんです？」

美月の言葉に反応した美羽ちゃんの声からは、心配と、興味の色が感じ取れ。

それに苦笑いをした美月が、話を続ける。

「――雪菜、『大河くんは大河くんだよ！　どんな大河くんでも、私が知ってる大河くんだよ！』って、泣きながら言ったんだって」

「『……なるほど』」

この話を聞いた俺の感想は――『そりゃあ惚れるわな』だった。

……自分が本当に弱っていた時に、気になっている仲の良い子が、全力で自分を全肯定してくれたんだから。

「……と、良い話風味にまとまったけど――2人の関係、実は相当に問題アリでさ」

大河がエンパスだと分かり、専門家のカウンセリングを受け始めたりしたのもあって、小3の頃には大河の状態は落ち着いた。

――しかし大河は、それまで支えてくれた雪菜にべったり。

雪菜も……守ってくれる存在で、支えるべき存在の大河にべったり。

大河は改善されつつあったとはいえ、まだ人が多い所は苦手。雪菜もイジメられていたためか、社交的とは言い難い状態。しかも、2人の家は近所で――

「……こんな風に立派な『共依存関係』、ほぼお互いだけの閉じられた関係が、小学校低学年にして早くも形成されたわけだ」

「……沢渡の『ヤンデレ属性』、この頃にもう出来ていたのか」

――むしろ精神的なヤバさは、この時期が最盛期だったのではないでしょうか？

「家族以外の例外は――元から付き合いがあった私と悠也くらいだったみたいで。……さすがにこれはマズイって、2人のご両親が動き出したの」

「だけど、下手に引き離すのは危険って事で――『相手を守る手段』っていう建前で、自衛手段にもなる事を仕込もうとしたんだと」

――これが基本的には上手くいくんだが……後々少し問題も出る。

「大河くんはカウンセリングの効果もあって、精神的にも安定して自信がついたのと――雪菜の方も自衛手段を身に付けた事で、他人を遠ざけるレベルの警戒は必要無くなったのも、大きかったみたいだねー」

「雪菜の方も情報処理を教えてもらい始め……い、いろいろ知って自信がついたって言ってたな。それで少し落ち着いたそうだ」

「──待った。『いろいろ』って……何を知った？」

そんな安室の質問は、誤魔化し笑いでスルー。

……安室くん。精神衛生上、知らない方が良いです。ちなみに当時『現実世界のイジメくらいなら、今ならどうとでも出来る様になった』という発言は聞いています。

──あと美羽ちゃん？　貴女はなぜ『うんうん』と頷いていらっしゃる？

「ちなみに、大河が叩き込まれたのは護身術とか対人交渉な。──エンパスだけあって、他人の感情や思考を読んだりって事に天性の才能があって。それが対人関係の能力として結構なアドヴァンテージらしい」

エンパスだと分かる前まで親戚の中では『精神的に不安定な問題児』という扱いだった大河だが、現在では『クセのある天才』という認識。

「この上無く良い方向に進んだんだな。良かった良かった──」

「──ところが、全く問題が無いわけでもなくてな……」

ここでハッピーエンド、と思ったらしい安室に最後まで言わせず、話を続けた。

というか――大河のズレた性格やら、雪菜の『ヤミ』やらがある以上、問題無しなはずがなかろうに、と。

「雪菜は――『大河くんをずっと守れる（監視）』って事で、アレな方にも手を出して。雪菜のお父さんも『筋が良いから、つい調子に乗っちゃって』って、今の状態に……」

「……うん、納得は出来るけど『守れる（監視）』て」

「私に教えてくれる時も、大体そんな感じでした♪」

――美羽ちゃん、ちょっとそこら辺の話、後で詳しく教えてね？

場合によっては、雪菜への説教が必要な案件です。

安室が『守れる（監視）』の時と同じ教わり方って聞いて、青くなってるし。

「……で、大河の方は『雪菜を守る』って事で護身術から、身体を鍛える方面に傾倒していって。それで今の『筋肉信仰』に――」

「大河くんも雪菜も。性格のアレな部分が才能と上手く結びついちゃってるのが、タチが悪いんだよねぇ……」

大河の思考のズレた部分は、エンパスのせいで幼少期にあまり人と接する事が出来なかったためと、それを使わないために共感や感情移入――つまり『空気を読む』という事を抑えている影響が大きいと思われ。

そしてエンパスである事が大河の対人能力の要で――困った筋肉信仰も護身術方面の習得の影響だし、鍛える事自体は歓迎すべき事。


雪菜の方は……分かりやすくヤンデレさん方面。

大河への執着から電子方面の習熟が捗った――これは明らかな事実で。

というか……元々そういう資質があったからこそ、幼い頃から大河を支え続ける事が出来た、という可能性もある。

そして厄介な性質の大河を支える内に『ヤミ属性』が深化した、と。


「……と、そんな感じで2人の才能は、性格のアレな部分と密接に関係してて。そのせいで――『お互いを守るため』って意思の下、どっちも成長・発展しちゃった、と」

事態が上手く進行したがために、性格のアレな部分も維持・発展してしまったという、極めて稀有な事例。……我らが幼馴染ながら、本当にタチが悪い。

と。そんな話を、妙に疲れた感じで聞いていた安室と美羽ちゃんだが――不意に、安室が何かを思いついた様に言ってきた。

「そういえば――あの2人がそういう状況のとき、お前等はどうしてたんだ？」

「当時の俺たちか……一応、接点はあったんだよ。大河は遠戚だし、雪菜とも美月と一緒に何回か会ったし」

「私も雪菜とはお母さん同士が仲良かったんで知り合って、その頃から友達だねー。大河くんとも……たしか、何回か会った事はあったかな？」

ただ、4人で会った事は無かった。

しかも大河が一番大変だった頃は、大河の両親が『ウチの子は今、不安定だから』と――勝手に突撃する俺はともかく、美月からは遠ざけていた。

だから大河と雪菜が知り合いだという事も、大河の状況も詳しくは知らなかった。

美月も――雪菜から、仲の良い男の子が居る事、その子がちょっと大変な事は聞いていたそうだが、まさかそれが自分の知り合いだとは思ってもいなかったそうで。

「え？　じゃあ、おにーさんたちが4人で会う様になったのは、いつなんです？」

「あ、あはは……小3のクリスマス、だよね悠也？」

「――ああ。あの件なぁ……」

美羽ちゃんの質問に、少々アレなお話を思い出し、微妙な顔で返した俺たち。

「何があった……？」

「――ウチの親戚縁者での、クリスマスパーティ兼忘年会で、美月側の縁者として来た雪菜と、ウチの親戚として来た大河が顔合わせしたんだよ」

「それで……信じられない顔で呆然とした後――雪菜が何て言ったか分かる？」

美月が、当時を思い出したのか頬を引きつらせながらした出題に、美羽ちゃんが少し戸惑いながら回答。

「えっと、普通に考えれば『なんで居るの!?』とかだと思いますけど……？」

確かにそこらが普通だけど――普通じゃないから問題にしているわけで。

「正解は――大河を指さし、自分の親に『……クリスマスプレゼント？』でしたー」

「「分かるはずが無いですっ!!」」

満を持しての美月の回答に、安室と美羽ちゃんがツッコミを入れた。

「いやぁ『出会いがプレゼント』なら、夢のある話ではあるんだけど、なぁ……」

「……ね。あれ確実に、大河くん自身を指してたよねー」

ナチュラルに自分の親に人身売買疑惑をぶつけた幼い雪菜。

この一幕で、雪菜のご両親は『……ウチの娘、ヤバイ？』と気が付いたらしい。

「……実は俺たちの関係に気付いた親たちが、会わせるって決めたから――『出会いがプレゼント』が正解だったりするんだ」

「実際、正気に戻ってから2人で涙流して喜んでたからねー」

涙を流して――とは言っても、狂喜乱舞といった感じではなく。

2人とも、涙を流しながら微笑んで。


『――改めまして。鳥羽 悠也の遠戚の、大久保 大河です。よろしくお願いします』

『……こちらこそ。伏見 美月の友人の、沢渡 雪菜です。長く良い関係を、望みます』


そう言い合い……しばらく見つめ合っていた2人。

俺と美月もその場にいたのだが、完全に主役はあの2人だった。

会うとは思ってなかった所で会えた事で――自分たちの付き合いは長くなる、と。周りの人も歓迎してくれていると、そう思えたのが嬉しかったらしい。

余談だが。この時の事を大河は『強い縁で結ばれていると思えました』と言い。

雪菜は――『やっぱり運命だって、確信できた』と。

……さすがの『重さ』です、雪菜さん。

「考えてみれば――あの2人、あの頃から今みたいな感じだったよな」

「ね。私たちより、よっぽど御曹司とご令嬢っぽいよね～♪」

普通、『あの頃から変わらない』という類いの言葉は『昔から衰えていない』または『昔から成長していない』という意味で使うが。

あの2人の場合は――『あの頃から完成形だった』。

「という事は、雪菜おねーさんたちは、その頃からお付き合いしていたんですか？」

いろいろツッコミ入れたりしていた美羽ちゃんだが、再び瞳に憧れの輝きを宿しながら訊いてきた。

『パーティで予期せぬ再会、涙を流しながらの微笑みで見つめ合う』という少女まんが的なシチュを聞いて、乙女時空が戻ってきたのだろう。

「いや、あの2人が正式に付き合いだしたのは、中学卒業後って話――だよな？」

「うん、そう聞いてるー。それまでは『一緒に居られるだけで満足』って言ってたよ」

「大河の方は――『【絶対的な味方】【絶対に失ってはいけない人】という意識が強すぎて、恋愛の方に意識が行っていなかった』だったかな？」

俺たちとはまた違った感じで、関係が完成していた2人。

「――へー。そんな関係だったのに、むしろなんで付き合いだしたんだ？」

と。俺たちの話を聞いた安室の、何気ない質問。

それに対し、俺と美月は――


「「……そういえば」」


付き合う前も付き合った後も全く変わっておらず、特に相談を受けた記憶も無い。

祝福は当然したが――正直言って『いつの間にか付き合っていた』という印象で。

「――言われてみれば、なんで付き合い始めたか聞いてないな……？」

「ね。事後報告だったし、引っ越しの準備とかでゴタゴタしてたから、かな？　お祝い言って、軽くご飯おごって――で、終わらせちゃったよね……」

そういえば……何回か、訊こうとした事もあった気がする。

だけどその度に用事が入ったりで――もしかして、上手く流されてた……？

「「…………（こくり）」」

美月と顔を見合わせ、頷き合う。良い機会だから――

と、その時。良いタイミングで声が聞こえてきて。

「あっ、居た！」

「――やっと追い付けました。あの子はご家族へ無事にお返し出来たので、ご安心くださ い。……おや、どうしたんですか皆さん？」

「悠也くん？　美月ちゃん？　ちょっと目が怖い――」

追い付いてきた大河と雪菜が、俺たちを見て戸惑っているが……俺と美月は構わず、2人に迫り――

「「さぁ、今回はしっかり吐いて貰う！」」

「「何事ッ⁉」」

突然詰め寄られた2人が、慌てた声を上げた。

――仕方ない。説明するか。

◆

◆

「あ、ああー、その事かぁ」

「……今になってソレを訊かれるとは、思っていませんでした」

安室と美羽ちゃんに、大河の諸々の事を話した事。

その流れで、大河と雪菜が正式に付き合い始めた経緯、それを聞いていない事に気付いた事を話したところ——その反応がソレだった。

「……いや、俺と美羽に話された事はスルーでいいのか？」

「まぁ、安室氏と美羽嬢くらいでしたら、別に構いません。疚しい事はありませんし、今はある程度折り合いが付いている事ですから」

「あはは……馴れ初め話みたいなものだから、ちょっと恥ずかしくはあるけど」

「そもそもアレに関しては、別に隠しているわけではありませんし。……ただ、この手の事を自分から言うのは抵抗がある、というだけです」

「——なるほど。なんとなく分かる」

この件に限らず大河は、疚しい事が無く、話して誰も迷惑しないなら隠し事はしない。

……ただ、過去の苦労話は『不幸自慢』と取る人間もいる。しかも大河の場合は『エンパス』という特殊な性質もあるため、下手すると中二病扱いされる恐れも。

だから大っぴらには話さないというだけ。

しかし、それは逆に言うと――

「って事は――付き合い始めた理由を話すの、やっぱり避けてたのか？」

そう言って反応を窺うと――少々気恥ずかしそうではあるが……それだけっぽい？

顔を見合わせて視線で会話をする大河と雪菜の顔に、疚しい雰囲気は無い。

ただ、少し気まずそうな顔で――

「いえ、これも疚しい事は無かったんです。ただ、タイミングが……」

「……高校に入ってから私たちがお目付け役になるって決まってたでしょ？　それに私と大河くんも、隣同士の部屋で一人暮らし。その直前に『付き合いました宣言』は……」

「あ、ああー、そういう理由かぁ……」

「確かに、お目付け役って事を考えると、言い難いか……」

建前上は『監視のため』に、俺たちの下の階に住んでいる2人。

その生活が始まる直前に『仲が深まりました』と言えば、人によっては――

「――『2人に気にせず我々は堂々とイタします宣言』にも、とられかねませんから」

「みんながボカした事をハッキリ言わないで⁉」

淡々かつハッキリと言った大河に、雪菜が赤くなって抗議のツッコミ。

だけど――それについて、俺たちにも言いたい事があって。

「――ねぇ雪菜？　その事なんだけど……」

「え？　どうしたの美月ちゃん？」

おそらく2人は、監視される俺たちに示しが付かないから、という事だろうが――

「『俺（わたし）たち、とっくに済ませてると思っていたから、意味無いんじゃ？』」

「……え？　――うわあああんっ⁉」

意味を理解し、真っ赤になって頭を抱える雪菜。

大河も気まずそうな顔ながら、そんな雪菜の頭を撫でて慰めに入った。

――もっと言うと。関係者一同、2人の関係を知っているほぼ全員が『とっくにイタしてる』と思っているだろうけど……。

確認のために、美月、安室、美羽ちゃんの順に視線を向け。

「「「……（こくり）」」」

全会一致で『黙っていよう』と決定した（当然の様に美羽ちゃんも含む）。

「――雪菜、大河くん？　という事は、別に理由を隠したかったわけじゃないの？」

雪菜の気を紛らわせる意味も込めてか、美月が話を進めた。

「――ええ。あの頃は経緯や理由だけじゃなく、付き合い始めたという事自体、あんまり話題に出さないようにしていました」

大河の説明に、言われてみればと、少し納得。

だが……ここで雪菜も復活し、２人の話は続く。

「――それに私、付き合い始める前に、美月ちゃんに相談したよ？」

「私も……相談という形ではないですが、悠也に意見を訊きましたよ？」

「「……はい？」」

思わず、揃ってマヌケな声を出した俺たち。

そんな俺たちに、安室たちから『何やってるの……』といった視線が。

「――あっ、私も相談っていう形かは微妙かも……？　でも、意見は訊いたよ？」

「……全っ然、覚えてないんだけど？」

「右に同じ。──いつだ？」

大河と雪菜が付き合い始めたのは、中学卒業以降、高校入学前。

だから、相談（？）を受けたのは3月中旬くらいだと思うんだが……？

「私が悠也に意見を求めたのは──確か、中3の3月10日だったかと」

「私が美月ちゃんに話したのは、2月20日、だったかな？」

「「……はい？」」

またも、揃って間ヌケな声を出した俺たち。

「ずいぶん離れてますすね？」

「っていうか──日にちまで覚えているものか？」

美羽ちゃんと安空が、俺と同じ疑問を口に出してくれた。

美月も同じだったらしく、『うんうん』と頷いていて。

多分、その日付に意味があるんだろうとは思うけど……？

「あはは、じゃあ事情を話すけど──中3のバレンタインの事、覚えてる？」

中3のバレンタイン？　……この前、思い出したばかりな気が──

「──ああ、大河に唐辛子で制裁した、アレか」

「私も覚えてるよー。……考えてみれば、あの時ってまだ付き合ってなかったんだ？」

「……一応正確に言うと『正式には』付き合っていなかった、ですが」

「あ、あははは……。でもまさに、その事がきっかけなんだよね……」

この前。大河の追跡をした際に、その件を話題にしたため、すぐに思い出した。

一方で――困惑気味な顔の安室と、興味津々わくわく顔の美羽ちゃん。

「……なんか『唐辛子で制裁』とかいう物騒な発言が聞こえたんだが？」

「まぁ、分からないよな。じゃあ――……うん、軽く話すわ」

言葉の途中で大河と雪菜に視線を送り、話しても大丈夫だと確認して。

事情を知らない安室と美羽ちゃんに、軽く説明。


中3のバレンタインに、大河が本命チョコを（雪菜以外から）貰った。

告白自体は断ったが、貰ったチョコを雪菜には隠して食べていた。

それに気付いた雪菜、制裁としてチョコと同額の唐辛子を贈り『食べて♪』と。

雪菜は『隠れて食べた＝疚しい事だと思っている』。それなのに続けたという事は『雪菜への誠実さよりもチョコを優先した』という事だから、というのが制裁理由。

「あー、男としては同情するが……失敗したな？」

「……大河おにーさん」

　同情気味な安室と、非難する眼の美羽ちゃん。

「……己の非は認めた上で、少し弁解させていただきますと――机の中に手紙と一緒に入っていたタイプでして。受け取ってしまった以上、食べるか処分かの2択だったんです。それで少々お高いメーカーのチョコだったので、つい……」

「――ああ。振った相手を追いかけて『これ返す』は、心情的にも無理だよな……。でも、食べるんだったら雪菜に声かけておけば――」

「……それも考えたのですが、気分は良くないだろうな、と。あと今回の話にも繋がるのですが――『正式に付き合っているわけではないし』という思いも……」

　大河側の弁解は俺も初めて聞いたが、気持ちは分からなくもない。

　分からなくもないが、『選択を全て間違えた感じ』という印象。

　雪菜の方を窺うと――動揺は無いため、ここら辺の事情は既に聞いていた様子。

　と、ここまで考えて、この後の流れは少し読めた気がした。

　そんな俺の視線に気付いた雪菜が、苦笑いを浮かべ。

「――うん、それで今回の話になるんだけど……制裁してから思ったの。『付き合っているわけじゃないんだから、文句を言える立場じゃないかも』って」

　美月と美羽ちゃんが『なるほど……』と頷いているが。

俺たち男性陣は少々渋い顔で――おそらく同じ事を考えているだろう。

『制裁下す前に気付いて……？』

……そんな俺たちの考えには気付かず、雪菜の話は続く。

「それで初めて、先に進める事を考え始めたんだけど――私たちは『ほぼ恋人』っていう状態が長かったから。先に進めるっていうのがどういう事か、分からなかったの」

「――あっ。……思い出した。あの時の話、そういう事だったの⁉」

どうやら、雪菜からされた相談っぽいものを思い出したらしい美月。

それに、少し感謝の色を瞳に込めた笑みを返した雪菜。

「うんっ、多分それだよ。――で。分からなかったから訊いたの。中1の時に、悠也くんと正式に婚約していた、美月ちゃんに。『関係を進めるって――関係に名前を付けるって、どういう感じ？』って」

「――なるほど。で？　伏見は何て答えたんだ？」

ニヤニヤした笑みを俺と美月に向けながら、安室。

その隣の美羽ちゃんは、キラキラした瞳を美月と雪菜に。

そんな2人と――気まずげな美月を見て、小さく笑った後。

「──『基本的に、何も変わらないよ。ただ……ずっと一緒に生きるっていう約束と覚悟を、お互いと、周りの人に示すだけ』って」

「──なるほど」

美月なら、確かにそう答えるだろう。

そう納得して美月を見ると──気恥ずかしそうな視線とぶつかり。

思わず笑ってしまうと、さらに赤くなって顔をそらした。

それを微笑ましそうに見る雪菜と大河。さらに輝きを増したキラキラ瞳の美羽ちゃん。

そして安室は──少し引き気味？

「……中高生の付き合い始めに『覚悟』って言葉が出るのって、普通か……？」

「い、いや、ほら。俺と美月は『婚約』だったから、な？」

さらに言えば、その婚約に至る経緯も、かなり重いし。

敢えて言わないが──大河と雪菜も関係の経緯がかなり重く。その状態からの進展だから……意味合いは俺たちと大差無かったと思う。

「──とにかく。その美月ちゃんの言葉で、思ったの。『覚悟』なんて考えてなかったし……私はずっと大河くんに、今の関係に甘えていただけなんじゃないか、って」

気を取り直して語られた続きは、少し自重気味な様子で話された。

当時の雪菜が、甘えていた『だけ』とは思えない。

だけど、大河は雪菜を『守るべき者』と認識していて、それを受け入れていた雪菜。

ならば確かに――『甘えていた』、そういう一面はあったのだろう。

いわば大河は、己に『騎士』の様な役割を課して。

その忠誠と存在意義の対象として、雪菜という『守られる姫』が居た。

だけど。その姫は、守られ続ける事を良しとはしておらず――


「――だから、私から言ったの。『恋人になってください。守られるだけじゃなくて、一緒に生きる仲になりたいから』って」


それは――きっと『守られる姫』が、騎士と共に戦う覚悟を固めた、決意の言葉。

肩を並べて歩きたいと。己の願いと、目指す姿を定めた瞬間。

以前、大河と雪菜が寄り添ってマンションに帰ってくる姿を見て、『騎士と姫の様だ』という感想を持った。

今の話を聞いた上で思い返せば――今の２人の関係に、凄く納得が出来た。

だから、その雪菜への返答は、当然——

「……それを聞いて、つい戸惑いのあまり逃亡しました」

「「「何やってるの⁉」」」

——大団円の直前で、思いっきり水をブッ掛けられました。

雪菜以外の全員がツッコミを入れ。

美羽ちゃんなんて……憧れに水を差されたからか、蛇蝎の如き睨みっぷり。

「あはは……実はそうなるかもって思ってはいたから、あんまり慌てなかったよ？」

「……みたいですね。離脱後に落ち着いて、自己嫌悪で悶え始めたタイミングでメッセージが届きましたから。——狙いましたね？」

「うんっ♪　元々、即答されるとは思っていなかったから。それが分かっていて言ったんだから——自分が悪いなんて、思ってほしくなかったし」

大河への非難の視線が弱まり——代わりに、少し同情の眼差しに。

……覚悟を決めたお姫様は、本当にお強いらしい。

「——それで。そのメッセージの内容は『いきなり言われても困るだろうから、返事はホワイト・デイでお願いします』といったものでした」

「……ああ、なるほど。それで俺に相談したのが3月10日なのか」


バレンタインの後、事件発覚から制裁。

その後に今の自分に疑問を感じた雪菜が、美月に相談したのが2月20日。

それから……雪菜の事だから、覚悟を決めるのに3日前後、か？

そうなると——大河が貰った猶予は3週間弱。

決戦の日が近づいてきた所で、俺に話を聞きに来た、という事になる。

「——ええ。私としては、断る事は有り得なかった。ですが……雪菜の事は『守るべき者』で『心の拠り所』と見ていました。女性という認識は当然ありましたが——言ってしまえば『欲の対象』とは、認識していなかったんです」

「……なるほど。それで悠也に話したんだ？」

大河の話から、この後の展開を理解した様子の美月。

……大河に言いながら、意識は確実にこっちに向いているし。

そして俺も……すでに、何を訊かれて何て答えたか、思い出しているわけで。

——とりあえず、無言で黙秘権を行使させてもらいます。

しかし……大河は俺を見て苦笑したあと、躊躇わずに話しだし。

「――悠也に『何を思って、美月さんと婚約したんですか？』と訊いたところ――『もし自分の周りに1人しか居なくなるとしたら、それは美月であってほしいし……美月の側に最後までいる人間は自分じゃなきゃ嫌だと思ったから』――でしたか、悠也？」

「…………一語一句、よく覚えているな？」

「そっくりお返ししますよ、悠也」

……多方向から押し寄せてくる生暖かい視線が、めっちゃ恥ずかしい。

美月も少し恥ずかしそうにしながらも、こちらに笑顔を向けている。

「――と、そんな悠也の言葉が、凄くしっくりと来たんです。同時に、雪菜に『欲』は向けていないつもりでしたが……『側に居たい』と、そういう欲はあった事に気付いたんです。ですから――後は迷いませんでした」

「それで……ホワイト・デイに、バレンタインのお返しと一緒に、大河くんが『これからは恋人として、お願いします』って言ってくれて、そこからだよ。――ね？」

そう言って、頬を少し赤くして微笑みを交わす、大河と雪菜。

そんな2人を、俺と美月、安室は微笑ましく見守り。

「そんなわけで——私と雪菜は、悠也と美月さんには心から感謝しているんです」

「「……はい？」」

いきなり言われて、揃って首を傾げる俺と美月。

「いや、なんでソコでお前らが首を傾げる？　最後の後押ししたの、お前らだろうに」

「あー、言われてみれば？　……でも、訊かれたから答えただけだし——なぁ？」

「うん。っていうか——私たちが何かしなくても、勝手にくっついていただろうし？」

そう言って、顔を見合わせ『ねー？』といった感じでお互いの同意を確認。

そもそも『仲が良い2人が、いつの間にかくっついてた』という認識なのに、そこに自分の功績が云々とか、蛇足でしかないわけで。

「その様子ですと……我々の話をした際も、ご自分たちの事は話していませんね？」

「「……何か、したっけ？」」

本当に心当たりがなかったため、訊き返した所——2人とも、とっても深い溜め息。

「……まず美月ちゃん。私イジメられてた事、誰にも言えなかったんだけど——気付いて

『イジメられてるんじゃ？』って言って親を動かしたの、美月ちゃんだよね？」

「……あ。やったかも？」

「うん、やったの。私も知ったのは大分後だけど。その後も——いろいろ相談にのってくれたよね。……あの頃に美月ちゃんが居なかったら、とっくに私は折れてたよ？」

「えーっと……そう言ってくれるのは嬉しいけど、それくらい、誰でもする、よね？」

雪菜の話を聞いて、美月ならやりそうだな、とは思う。

そして当人としては『ただ話を聞いただけ』という認識なのだろう。

そんな事を、他人事ながら少し誇らしく思っていると——

「これは悠也も同じなのですが……お2人は相手が誰でも、同情しないで普通に接してくれるじゃありませんか。——ズカズカ近づいて来て、それなのに普通のままで親身に接してくれる友人。そんな存在が、心の弱っている人間にとってどれ程ありがたい事か」

……褒め殺しが、こちらにも飛んで来た。

考えてみれば——大河は他人の感情に敏感だから、上から目線の同情などは分かってしまう。それならば確かに、当時の俺とは相性が良かったのだろう。

……しかし、面と向かって言われるのは、大変気恥ずかしく。

「あー、うん。そうか。だけど本当に、大した事はしてないぞ……？」

「そうですか？　……分家内で立場が悪くなっていた私を庇っていたのも、悠也だと聞いていますが？　あと——共依存になってた我々への対応、両親は隔離しようとしていたのに、それを止めたのも悠也と美月さんですよね？」

「『……よくご存じで』」

親族の中で同い年の同性は、大河だけ。だから、会えた時はよく遊んでいたし。

——その大河が、自分のせいじゃないのに立場が悪くなるのは納得できず、いろいろ親に頼んだりもした。

そんな風に動いていたため——親から『仲が良くなり過ぎた子と離すために、引っ越しさせるかもしれない』という話を聞いて。

それで——それは止めて欲しいと、大河の両親とウチの両親に頼んだ。

美月は美月で、雪菜から相談されていて。

だから状況を知って——『雪菜たちのせいじゃないんだから、無理やり引き離すのはダメ！』と、掛け合ったらしい。

「そんなわけで。私も大河くんも、今の私たちがあるのは、悠也くんと美月ちゃんのお陰が大きいって思ってるんだよ？」

「——ああ、なるほど。2人の話を聞いてて、いくら幼馴染の話でも妙に詳し過ぎね？

とは思ってたけど。自分たちも関わっていたって事か」

「悠也おにーさんも美月おねーさんもスゴイですっ！」

感心した様に言う安室と、手放しの称賛を贈ってくる美羽ちゃん。

ただ……当人としては、別に『大河たちのために』なんて思っての行動ではないため、ここまで恩に着られると、逆に後ろめたいわけで……。

「あー……雪菜と大河が、そう思ってくれているのは分かった。でも俺たちは、そんな深く考えて動いていたわけじゃないんで――」

「そ、そうそう！　だから恩着せる気は無いんで、気にしないでよ、ねっ⁉」

照れ臭さと後ろめたさのため、何とか否定しようと試みました。

しかし――大河と雪菜は、なぜか揃って溜息を吐いて。

「――押し付けられた恩なら、私たちは真っ先に踏み倒す事を考えますよ？」

「言ってる事は分かるけど、それはそれで、どうなんだ……？」

「あはは……それはともかく。私たちは私たちの意思で、勝手に恩を着てるの。だから悠也くんたちが気にする必要は無いし――否定されても変える気は無いよ？」

「あ、あははは……雪菜も頑固だよねぇ」

ウチの幼馴染たちは、揃って頑固。ちなみにその中には美月と……多分、俺も入る。

「あー、そっちが感謝してくれているのは分かったよ。だけどこっちもそう簡単に認識変えられないんで……この話は終わりって事で、ＯＫ？」

「そうですね、わかりました。――いつか必ず、勝手に恩返し致します」

と、そんな大河の犯行声明（？）で、この話は終わり――

「あ、じゃあ雪菜おねーさん！　ちょっと訊いていいですかっ？」

「ん？　美羽ちゃん何かな？」

何かタイミングを窺っていた様で――話に区切りがついた所でカットインしてきた。

そんな美羽ちゃんに、雪菜が応えると――

「お付き合い始めたときの、雪菜おねーさんの『覚悟』って、なんですかっ？」

……そういえば、はっきりとは聞いていないか。

美羽ちゃんは気になっていたらしく、瞳をキラキラとさせていて。

雪菜はそんな美羽ちゃんに微笑みながら、迷いの無い瞳で。

「――もちろん決まっているよ。『大河くんとずっと一緒に居る事』と『大河くんの味方であり続ける事』、それと――」

雪菜が挙げる度に、大河が気恥ずかしそうな顔になり。

俺たちはそれを笑顔で見守――

「――それと最後に『絶対に逃がさない事』♪」

「「「…………」」」

雪菜の表情も声も変わっていないはずなのに、最後だけ黒いオーラを感じました。

直前の表情のまま固まった俺たち。大河は……何か青くなってます。

こんな闇堕ちモードを見ては、さすがの美羽ちゃんもドン引き――

「――とっても素敵です、雪菜おねーさま♪」

……ドン引きどころか『おねーさま』に昇格しておりました。

「あははっ、ありがとう。美羽ちゃんも頑張ってね？」

「はいっ、もちろんです！」

……浴衣姿の美少女と美幼女が笑顔で語り合う、明るい光景。

なのに――背後に拷問部屋を幻視してしまったのは何故だろう？

「………俺の未来に、自由はある？」

約1名、暗くなったばかりの空に輝く、宵の明星を見上げて呟いていた。

「——頑張れ、安室」

「……ある意味、とても安定した人生だと思います」

言いながら、安室の肩を叩く俺と大河。

——なぜだろう？　雪菜の方がヤバさは上だと思うけど……拘束力は美羽ちゃんの方が強そうな気がするのは。

「あ、あははは——あ。安室くん、美羽ちゃん。あそこだよー」

「はい？」

1人、ちょっと距離を取って苦笑いしていた美月が、前方を指さして。


その先にあるのは、高級マンションの入口。

その敷地内の、河川敷に面した住人共用の庭が目的地。

花火を見る絶好のポジションのため、他にも大勢の人が……という事は無く。

なぜなら、基本的にここに入れるのは、住人とその知人だけ。

そしてその住人は、大抵が自室か解放されている屋上で見るらしく。

だから現在、この開放感あふれる広場には、俺たち以外は数える程しか人が居ない。

「……呆れるくらい、超穴場だな」

話は通してあったため、管理人に挨拶だけして入口を通過し、到着した第一声。

安室くん、『驚く』も『いっそ笑える』も通過しての『呆れ』らしい。

「ま、気持ちは分かるけどな――さて。そんな所で、花火終わるまで解散な」

「――は？」

当初から決まっていた事なのだが――安室だけが『何言ってるん？』といった顔に。

「いや、最初からそういう予定だったんだが……言わなかったっけ？」

「……聞いてないが？」

戸惑い顔の安室だが――その腕には、いつのまにか接近していた美羽ちゃんが、楽しそうにガッチリとしがみついている。

「それは悪かった。だが……お前はアレと一緒に花火を見たいのか？」

そう言って指さしたのは――既に腕を組んで歩き出している、大河と雪菜の背中。

……あの2人の意識には、おそらく既に、俺たちは居ない。

安室は、そんな2人を見てから――俺と、その隣に居る美月を見て。

「……うん、ちょっと勘弁だわ。美羽、あっち行こうか」

「わ～い♪」

諦めた様な顔で言って去っていく安室と、テンション高めの美羽ちゃん。

……安室の反応に釈然としないモノも感じるが、美羽ちゃんが楽しそうだから、何も言うまい。

「んじゃ、美月。俺たちはあっちかな」

「は～い♪」

河川敷に近づいて行った2組に対し、俺たちは建物側。

土手の様に1段高くなっている所に設置してあるベンチに向かい、並んで座る。

すると美月は、買っておいたタコ焼きのパックを開いて、こちらに向け。

「はいっ、悠也もどうぞ～♪」

「ん、ありがと」

ほとんど冷めかけたタコ焼きを口に放り込み、自然と笑い合う俺たち。

そうこうしている内に、時間になった様で。

低く響く音の後に――鮮やかな大輪の花火が夜空を照らした。

次々と打ち上がり、咲き誇り散る花火を、美月と無言で見上げていたが――不意に『ちょんちょん』と、浴衣の袖が引かれた。

美月の方を見ると、楽しそうな顔で前を指さし『見て見て』と。

その先に居たのは、一緒に来た２組。


安室と美羽ちゃんは、河川敷側の柵の所に居て。柵から身を乗り出さんばかりにはしゃいでいる美羽ちゃんを、安室が窘め。

謝った様子の美羽ちゃんの頭を撫で――そのまま抱きつかれ、慌てている様子。

大河と雪菜は――そこから少し離れた所にあるベンチに並んで座り。
雪菜が大河に身を寄せ、静かに夜空の花火を見上げていた。

そんな2組の様子を見て、美月と顔を見合わせ、笑みを交わし。

フと、訊いてみたかった事を口にしてみる。

「大河と雪菜の件の事だけど――当時、何を思って助けようとした？」

「あ、あはは……分かっていて訊いてるでしょ？」

「――まぁ、多分そうだろう、とは。今の反応で確信したけど」

俺の質問に、少しバツの悪そうな苦笑いで返してきた美月。

それが意味するのは――おそらく、俺と同じ理由。


「……うん、そうだよ。あの時の私は――ただ『大好きな幼馴染と引き離される』、そんな状況を許したくなかったんだと思う」


花火を――いや、夜空を見上げながら、言う美月。

それは予想していた通りのモノで……それが俺たちに恩を感じている大河たちに、後ろめたく感じた理由で。

「――美月も分かっていると思うけど、俺も同じ理由だよ。……いや、当時はそこまで自覚してなかったかもしれないけど、今考えれば、って感じか」

「あははっ！　だよねぇ」

少し自嘲気味に言った俺に、美月の返事は――少し安堵の色が混ざった気がした。

当時、大河たちを助けたかったという想いも、もちろん有った。

それでも一番大きかったのは……自分たちと重ね合わせて、『そんな状況は許せない』

と思ったからという、とても自分本位な理由。

「――ま。その結果として大河たちが上手くいったのは、素直に嬉しいけどな」

「あははっ、そうだね♪　――でもね？　あと1つ、嬉しい事が分かったんだよ」

「へぇ……、なんだ？」

何かあったかと思い返しながら訊き返す。

すると美月は嬉しそうな――というか、幸せそうな微笑みで。

「――やっぱり、私はあの頃から悠也が一番だったたって、分かった」

「……ああ、その事か」

鮮やかな花火の光に照らされ、微笑みながら告げられた言葉。

一瞬、完全に眼と心を奪われたが……なんとか、返事を絞り出した。

確かに……自分たちと重ね合わせた上で、その状況は許せないと、親に抗議した。

当時、どれほどの自覚と覚悟があったかは、自分たちでも分からない。

だけど確かに……あの頃から俺たちは、お互いを第一に考えていた。

「――ほら。私たちがいろいろ自覚したのって、例の冬山の件でしょ？　……その前から、私は悠也と離れるなんて、考えたくもなかったんだなって。――そう気付けたのが、ちょっと嬉しかった」

小5の時に、俺が冬山で大怪我をした一件。

あの時に、俺たちはお互いを『大切な異性』だと自覚した。

……だけど実際は、それ以前から、俺たちはお互いを『絶対に離れたくない存在』として想っていた。

そう自覚出来たのは……うん、確かに嬉しい。

「――あー、うん。俺も似たようなモノだな。……『そんな事が有り得るなんて思いたくもない』って、確かに思っていたよ。――ああ。それが例の、雪菜に言った『約束と覚悟』っていうのに繋がるのか？」

「あ、あはは……うん、そうだね。多分、ずっとそう思っていたから、自然とそういう答えが出たんじゃないかなって思うよ。――で、悠也は？」

最初は気恥ずかしそうに言った美月だが……最後はイタズラっぽい笑みで。

雪菜に、関係に名前を付ける事の意味を訊かれた美月は、『ずっと一緒に生きるという約束と覚悟を示す事』と答えた。

だから――美月の覚悟は『ずっと一緒に生きる事』。

で。訊き返された今、俺の覚悟は何だろうと考え……。

「……美月さんや。ドン引きしないでいただけるでしょうか？」

「――は？　え、えーっと、むしろドン引きさせる可能性のある覚悟って何……？」

この発言の時点で、軽く引いている美月――まぁそうなるよな。

「俺の覚悟として、思い浮かんだのは２つ。……まず『美月を泣かさない事』」

「……ああ。あの時の、だよね？」

冬山の件で俺が人怪我をした時。大泣きしていた美月に、俺は何も出来なかった。

もう二度と、あんな思いはしたくない。だから……これは最優先。

……で。２つ目が、ドン引きされる恐れがあるモノで。

「――もう１つは不覚にも、雪菜と同じだよ。『美月を絶対に逃がさない事』」

「……なんでまた？　『幸せにする』とか『放さない』辺りじゃないの？」

引きこそされなかったが、少し驚いた様子。

解説の必要がありそうだが……相当に気恥ずかしい。

だから夜空の花火を見上げ、美月の方を見ない様にしながら。

「……美月を束縛する気はないいんだよ。自分の意思で側に居て欲しい。だから『放さない』じゃなく、どっちかというと『見放されない様に』なんだけど――それだと受け身っぽいから、自分からも動くって意味も込めて『逃がさない』」

「……悠也らしいと言えば悠也らしいねぇ。で、『幸せにする』が不採用の理由は？」

美月を見ない様にしているが――呆れの様な声で訊いてきた。

でも、こっちの回答は簡単で。

「――だって美月、『幸せにしてもらう』なんていう受け身な立場、嫌いだろ？」

「――ぷっ、あははははっ！　うん、そうだね。確かにそうだよ♪」

吹き出し、楽しそうに答える美月。

雪菜も守られるだけの立場を良しとはしなかったが、美月はもっと前のめり。

昔と比べて思慮深くはなったが……苦難に際して、他人任せには出来ないタイプ。

困難があれば自分で壊しに行くという、『ご令嬢』にはあるまじき性分。

……そんな所は、良くも悪くも子供の頃から変わっていない。

そして――それは俺が、変わらず好ましく思っている要素の1つ。

「俺たちが自分たちの意思で一緒に居られるなら……やろうと思えば何処でも、どんな状況でも幸せになれるだろ。――だから『幸せにする』も不採用」

……引き続き、気恥ずかしくて美月の方は見られない。

だから、黙っていられると反応が怖いのだが――

「――ね？　悠也♪」

「……なんだ美月？」

反応は待っていた、待ってはいたけど――妙に楽しそうな声に、イヤな予感が……。

「雪菜と同レベルで重たい＆めんどくさい♪」

「ヒドくない!?」

――いや、なにか変な事言ってきそうだ、とは思っていたけど！

「悠也のその反応も、雪菜に対してヒドくない……？」

「あっ……どうもスミマセン——って、お前が言うなよ⁉」

意図せずノリツッコミを披露してしまった俺に、全力で爆笑する美月。

いろいろな意味で恥ずかしくなり、半ば拗ね気味に花火を眺めていた俺を他所に、しばらく笑い転げた後——

「——ね、悠也？」

「……なんだよ？」

不意に呼びかけられ。未だに残る気恥ずかしさもあり、わざと仏頂面で向き直ると。

美月は静かに、だけど確かな覚悟を秘めた眼差しで、微笑んでいて。

「——私は絶対に、悠也からは逃げない。だから悠也になら……泣かされてもいいよ」

その言葉とほぼ同時に——ひと際大きな花火が、夜空を彩り。
美月の白い肌を……綺麗な笑みを、明るく照らし出した。
美月の笑みと、纏う空気に呑まれ、魅了され——言葉が出なくなった。
そんな俺の前で美月は——微笑みを、不敵な笑みに変え。

「……っていうか。そもそも『嬉し泣き』の方なら、元から大歓迎なんですが？」

その言葉と表情からは――『悠也に私を泣かせられる？』という挑発が読み取れ。

「――OK、その挑発受け取った。……近い内に、絶対に泣かす」

「うんっ♪　楽しみにしてるよ、悠也？」

そう言って楽しそうに笑いながら――俺に寄り掛かり、身を委ねてきた美月。

……少し迷った後――肩を抱き寄せると、はにかんだ笑みを向けてきて。

そのまま、静かに目を閉じた美月と、ゆっくりと唇を重ねた――

……その間際に少し視線を（具体的には、2方向から計4人分）感じた気がしたが。

精神衛生上、気のせいだと思っておきます。

「――あ、そうだ悠也。――悠也の『覚悟』、考え直しね？」

「……なんで？」

「だって私は逃げないし、泣かされても構わないんだから――意味無いよね？　そんなわけで――うん、誕生日までね？」

「1週間も無いんですけど⁉」

「私の方の『宿題』も同日までなんだよ？　だから、悠也も『宿題』ヨロシク♪」

……『イイ笑顔』で、そう言った美月。

美月の『宿題』って――と、少し考えたが、すぐに思い当たった。

美月が『そういう行為』について、どう思っているのか。

それを誕生日までに考えると、確かに言っていた。

あの質問、いくら俺たちでも相当に酷だったという自覚はある。

だから――それを引き合いに出されると『俺はイヤだ！』とは言えないわけで。

……土壇場で、なかなかにキビシイ宿題を出された俺でした。

3章 同じ時を過ごす2人

「ん〜！　この駅から出ると『今年も来たー』って気がするよっ♪」

駅を出ると夏の強い日差しと、僅かに届いてくる潮の香り。

それらを浴びた美月は、そう言って楽しそうな笑みを浮かべた。

俺たちは毎年8月6〜8日は、家族と親しい人たちと共に、この地を訪れる。

家族旅行みたいなモノだが——主な理由は、俺たちの誕生日祝い。

俺の誕生日は8月7日で、美月が8月8日。

『せっかく連続してるんだから一緒にやっちゃえ！』『なら夏だし海に行こう！』

そんな安易なノリで始まったものが、幼少期から今まで続いている。

毎年参加しているのは、ウチと美月の両親。大河の大久保家と、雪菜の沢渡家。

あとは、他の親しい親戚もたまに、といった感じ。

——ただ。今年に限り、異例の事態が発生しており……。

「そうね♪　人数減ったのは残念だけど、これはこれで——」

「っ、透花(とうか)ストップ！」

まさにその『異例』の部分を口にした透花さんを、伊槻(いつき)兄さんが慌(あわ)てて止めた。

しかし、それは間に合わなかった様で——

「本当に、ウチの父がごめんなさい……」

眩(まぶ)しい日差しの中に相応(ふさわ)しくない、どんよりとした顔で謝る雪菜。

「ゆ、雪菜のせいじゃないよ!?　克之(かつゆき)さんも悪気があったわけじゃないんだし——」

「そ、それどころか、業績としては凄(すさ)まじい成果だろ！　確実にＭＶＰモノの!!」

「そうです雪菜！　ただタイミングが最悪だっただけで——」

「「「っ、バカッ!?」」」

美月と俺のフォローに続いた大河が、軽く地雷(じらい)を踏んだ。

実は今日は——『8月6日』ではなく、『8月7日』で、俺の誕生日当日。

そして本来ならウチの両親、美月の両親、大河の両親、雪菜の両親も参加予定だったが……この場にその姿は無い。

その面々は今、それぞれ別々の国でお仕事中。


その原因を作ったのが、雪菜の父——沢渡 克之氏。

彼はこの前、家族に対する大きな失態が露呈し、愛する家族から『沢渡氏』というビジネス対応的な呼び方をされる事態に陥った。

むしろ常日頃から『パパ』と呼ばれたい克之氏には、非常にダメージが大きく。

汚名返上のため、お仕事をとっても頑張った克之氏。そして——頑張り過ぎた。

世界各地で大きな取引・契約を獲得。

……しかし名誉挽回で頭がいっぱいの克之氏、スケジュール調整を怠っており——その結果、幹部陣は季節外れのデスマーチに見舞われる事になった。

それは美月の父が経営する企業だけではなく、その大きな取引先である父さんの企業グループにも波及。

そのため——経営者である父さんと美月父、各企業の幹部である大河父と雪菜父は海外に打ち合わせに向かい。その奥様陣も、そのサポートや夫婦揃っての出席が求められるパーティ等のために、自分たちの夫と行動を共にする事に。

というわけで、初の保護者陣が全員欠席という事態になって。

最初にその可能性が出て来た際に、本来の2泊3日の最初の1日を削る事で、なんとか回避しようとしたのだが……。

結局回避は出来ず、結果的に日程短縮&欠席多数という事態になってしまった。

そんなわけで。沢渡克之氏は各企業に過去類を見ないレベルの利益を与えたが、娘からの好感度は史上最悪レベルにまで落ち込む事となったわけで――

「……父さん――ううん、あの『沢渡氏』には、最低でも今年いっぱいはビジネス対応する事にしたよ。……お母さんも一緒に」

「「「「うわぁ……」」」」

どれだけ奥さんと娘を溺愛しているか知っている俺たちは、思わず同情の声を上げた。

「と、ところで――伊槻兄さんは、あのデスマーチに参加しなくて良かったの？」

「うん。僕はほら、最近転属したばかりでしょ？　だから下手に手を出すと、中途半端な事しか出来なくて現場を混乱させる、なんて事になりかねないからね」

　海外に居た兄さんは、奥さんである透花さんの妊娠を知り、即座に帰国。

　今の職場ではまだ1ヶ月も経っていないため、仕方がない事態だろう。

「透花義姉さんも大丈夫なの？　体調とか――」

「ありがと、美月ちゃん♪　でも大丈夫。幸い悪阻とかはほとんど無いし、医者の許可も貰えたから。さすがに海に入るのは止めておくけど……無理しなければ平気よ？」

「透花の事は僕がちゃんと見ているから、皆は気にせず楽しんでよ」

　妊婦である透花さんの参加を心配した美月だが、どうやら本当に大丈夫らしい。

　確かに無理しない様にさえすれば、都内より環境は良い。

　何より早くも『愛妻家』と知られ始めている伊槻兄さんが大丈夫だと言う以上、本当に大丈夫なのだろうし、何かあった場合の対策も出来ているのだろう。

「――じゃ、心配も暗い話も今はここまで！　楽しむ事だけ考えようか」

「うんっ！　賛成だよ、悠也♪　――で、兄さん、移動はどうするの？　人数減ったからバスはキャンセルしてタクシーにしたって聞いたけど……？」

　毎年大人数になるため、いつもはバスをチャーターして移動する。だけど今回は6人のため、タクシーにしたと聞いた。それを美月が、伊槻兄さんに訊くと。

「うん、しっかり手配してあるから大丈夫。えっと——うん、アレだ」

バスターミナルの奥に停まっていたらしく、目の前のバスが動いた事で見え——

「「「「——ちょっと待って？」」」」

その車を見て、総ツッコミを入れる俺たち。

「……え？　どうしたんだい？」

ツッコまれた当人は、ツッコミが予想外だったらしく『きょとん』としていて。

そんな兄さんに、透花さんが俺たちを代表する様に口を開き——


「——タクシーって言ってたのになんでリムジンなのよ⁉」


黒塗りボディーの長い車体。誰もがその名を聞けば想像する、まさにそのままの車。

そんな車を指し、兄さんは『タクシー』と言い切っていた。

「——え？　だって、こういう車の方が、透花の身体に負担が掛からないかと思って」

「そ、それだけの理由で⁉」

「『それだけ』って言うけど——僕にとって、透花とお腹の中の子を守るのは最優先事項だから。そのために妥協はしないよ？」

「──あ、ぅ……」

……一瞬だけ発生した夫婦間口論。1ラウンド22秒で兄さんの勝ち。

真剣な眼差しでのド直球な重い愛情に、真っ赤になって言葉を失った透花さんだが……

美月と雪菜に向かって口パクと手振りで『何か言ってやって！』と──

「……兄さん。透花さんは、あんまり目立ちたくないいんだよ？」

「そうです。……ただでさえ、この前の『妊娠で株価に影響を与えた』っていうので精神的ダメージを受けたんですから」

透花さんの妊娠に伴い、兄さんが急いで転属・帰国手続きを行ったため──『早くも代替わりか!?』と思われたらしく、株価の変動が生じた。

それを透花さんは『妊娠が経済に影響を与える、私の人生って……』と、ショックを受けていた。

それを指摘した雪菜と、乗っかって『うんうん』と頷く透花さんに、兄さんは──

「──なるほど、一理あるね。……じゃあ雪菜ちゃん、後で協力お願いするよ」

「「「「そういう問題じゃないでしょうッ!!」」」」

己の行動の見直しではなく、後の情報統制を考えた兄さん。

……普段は常識人で気遣いも出来るのに――透花さんが絡むと、ときどき天然を発揮してアホになる、または暴走しまくる伊槻兄さん。

とりあえず説得は一旦諦め、タクシー（リムジン）に乗って宿に向かう事に。

……座り心地は、さすがに最高でした。

「――で、兄さん。他には？」

「ん？　なんだい悠也くん？」

「いや。他にもいろいろ手を回して、大掛かりな準備しているのかな、と……」

「失礼だな……。そんな派手な事ばっかりしているわけがないだろう？」

「そっか。なら安心した――」

「精々、万が一が起きたらすぐにヘリを飛ばせる様にしてあるだけだよ？」

「「「「充分過ぎるわッ!!」」」」

◆　　◆

「……大河、こういう場所に本当に映えるからいいよな」

「そうですか？　悠也も充分に映えていると思いますが」

「筋肉は努力の賜物だけど……顔と背はどうしようもないから羨ましい」

「……私から見れば悠也も——って、この遣り取り、浴衣の時にもしませんでしたか？」

「——そうだっけ？」

いや、覚えてるけど。覚えていて、わざと似た調子で言ったんだけど。

俺たちは水着姿で、更衣室前に立っている。


あれから無事に宿に到着。

俺たちが泊まる宿は、ウチの企業グループの保養所。外観は古びた旅館なのだが、中身は一昨年にリノベーションしたばかりのため、真新しくて綺麗。

和風旅館の趣を残しながらホテルの良さも取り入れた、和洋折衷な空間で——

……という話は後に回して。

俺たちが到着したのは11時。チェックイン時間には早過ぎるため、荷物だけフロントに預けて遊びに行く事に。

透花さんは海に入れないため、兄さんと一緒に近くの観光地へ。

残る俺たちは、早々に海へと向かい。

男女別の更衣室に入り、俺と大河はいつもの倍速で着替え、今に至る。

自然と倍速になった理由は……お察しください。

このビーチはウチの保養所も含む数件のホテル・旅館の宿泊客や従業員しか利用出来ないため、この絶好の海水浴日和の今日も、混雑はしておらず。

だから、更衣室から出て来た美月たちが即座にタチの悪い男どもに絡まれる――なんて危険は低いが、念のためにと出口近くで待機中の俺と大河。

他意はありません。……無いったら無いデス。

「ちなみに大河、雪菜がどんな水着を着てくるかは？」

「聞いていないですね。新調するとは言っていましたが。――悠也は？」

「俺も……どんなのが良いか訊かれはしたが、どんなの買ったかは聞いていないな」

――まぁ。楽しみだよね、女性陣の水着。

俺も大河も浮気する気なんか欠片も無く、お相手の容姿に不満なんて一切無い。

……でも、自分のお相手しか可愛いと思わない、なんてわけではなく。

美月は言わずもがなだが、雪菜も十分以上に可愛いと思っている。

そしておそらく、大河も同じ様な事を考えているだろう。

「去年、美月さんはどんな水着でしたっけ？」

「シンプルなセパレート。あんま露出多くないやつ。──雪菜のはどんなだっけ？」

「薄桃色のワンピースでしたね。可愛い系でした」

俺と大河は表情を変えず、淡々と話しているが──話題が水着の話オンリーになっている時点で、どれだけ浮ついているかご理解ください。

次の話題として『水着を見るなら海が良いかプールが良いか』なんて話を振ろうとしていた所で──どうやら、待ち人が来た様子。

「お待たせ～♪」

女子更衣室の出口から、待ちに待った声。

最高速で振り向きたい衝動を堪え、普通を装ってそちらを向くと──

「え、え～っと、どうかな……？」

美月が纏う水着は、大人っぽく黒のホルターネックのビキニに、腰から長めのパレオ。

露出度は確かに以前の物より高いが、落ち着いた色合いとパレオ、そして何より美月自身が纏う雰囲気とスタイルから、色気よりも『格好いい』という印象が先に来る。

「……細かい事をうだうだ言うのは無粋だと判断する。――最高」

「うん、ありがと悠也♪　悠也の要望、頑張っていろいろ取り入れたんだよ？」

「……ん？　そんなに要望言ったっけ？」

ハッキリ言った記憶があるのは――『露出が多過ぎるのはナシで』くらい。

他に何か言っただろうか……？

「うん。まず『気合いの入った水着は歓迎だけど、露出多過ぎはナシ』だよね？　これ、パレオで露出を調整できるから、ＯＫだよね？」

「文句無しで。……他に何か言ったか？」

首を傾げている俺に、美月がドヤ顔で――

「言われてはいないけど――悠也、チラリズムと透け服も大好きだよね？」

「人のフェチズム勝手に読みとって暴露するの止めてくれる⁉」

——大当たりだけど！　大当たりだからこそッ!!

「で、そこら辺も踏まえた上で、評価を再度お願いします♪」

「満点以上だよドチクショウッ！」

「わ～い♪」

不服はあるが正直な評価を伝えると、無邪気な感じで喜ぶ美月。

そこに、何やら落ち着かない様子の大河が。

「あの……美月さん？　雪菜はどうしたのでしょうか？」

美月が出てきたのに、なかなか出てこない雪菜——いや、実は先程から、更衣室の出口から顔だけ出して、様子を窺ってたりしているのだが……？

「あー、雪菜ねぇ……。雪菜～！　いい加減、覚悟決めて出てきたら～？」

『あ、あうぅ……っ！』

更衣室に向けた声に、返ってきたのは躊躇い・恥じらいの声。

それを聞いた美月が『仕方ないなぁ……』と溜息を吐いた後——更衣室に向かい。

『ほら行くよー雪菜？　どうせ大河くんに誉められれば、躊躇いなんて一発で飛んで行っちゃうんでしょ？　はい、女は度胸～♪』

『そ、そもそも美月ちゃんが「うっわ思ったよりエロ……」とか言うからでしょ⁉』

「「――ッ⁉」」

更衣室から聞こえてきた声に、俺と大河は激しく反応。

特に大河くん、顔が劇画調のマジ顔になっております。

『あ、あはは……と、とにかく行くよっ！』

『わ、待って、ちょっ――』

そう言った美月に引っ張られ、雪菜が姿を現した――

雪菜の水着は、白のフレアトップに、下はミニスカート状のフリルが付いたビキニ。

夏の日差しに映える白とフリル、そして当人の雰囲気から清楚で可憐な印象を与えながら――ボトムもローライズ気味で、意外に肌の露出度が高い。

美月が『思ったよりエロ』と言ったのも、これなら納得。

『エロい』と言う程ではないが、よく見ると思ったより――といった感じか。

「わ、え、えっと……た、大河くん。ど、どうかな……？」

いきなり美月に引っ張り出されたが、隠すモノも無いため、諦めた様子の雪菜。

恐る恐る大河に感想を訊き、その大河は――あれ、思ったより冷静……？

少なくとも外面上は浮ついた様子も錯乱した様子も無く。

大河は表情も変えずに、自分が羽織っていたラッシュガードを脱ぎながら。

「雪菜、とてもお綺麗です。思わず見惚れ、ずっと見ていたいとも思うのですが……少々刺激が強くもあります。よろしければ、こちらを着ていただけませんか？」

「あっ……ありがとう、大河くん♪　えっと——や、やっぱりエロ……？」

「いえ、そこまでは。——ただ、他の男性に見せたくないという、私の独占欲です」

「あぅ……う、うん。ありがと。じゃあ、着させてもらうね？」

嬉しそうに、照れ臭そうに言い、ラッシュガードを受け取って着る雪菜。

……なんだか、こう『パーフェクトコミュニケーション！』とかいう表示が出そうな程に、完璧な対応。——これが覚醒したエンパスの実力か……？

「——さて、悠也。あちらの海の家で、ビニールボートを借りてきましょう。２つ」

「ああ、分かっ——……ん？　２つ？」

流れるように展開され、思わず頷きかけてから急停止。……なぜに２つ？

「雪菜と美月さんに乗っていただき、我々が牽引。そして彼方に見えるあの島——余人の居ない楽園島までいざ……！」

「お前冷静に見えて、相当に浮かれて錯乱してるな⁉」

俺のツッコミが聞こえていないのか、真顔でブッ飛んだ発言を続ける大河。

「これ程の眼福を味わったのです。我らは馬にでもイルカにでもなるべきです」

「いや、いい加減に落ち着けよ⁉」

「私は落ち着いています。あの夏空に浮かぶ入道雲の様に！」

「思いっきり『積乱雲』っていうんだけどなアレ！」

泰然として見えても、遥か上空に浮かんでいて中身は嵐の如く荒れている積乱雲。

……言い得て妙な気もするが。

「た、大河くん、落ち着いて――ね？」

「ありがとうございます、雪菜。ですが私は至って冷静でございます」

……うん、やっぱりダメっぽい。さて、どうしようか――と悩んでいると、美月が何か思いついた様子で『にやり』と笑って……？

「――ところで雪菜？　その水着には、何か大河くんの要望は入ってるの？」

そんな質問に、雪菜は『なんで今？』という風に、少しきょとんとしてから。

「大河くんにフェチは無いっぽいけど、単純に露出度高いのが好きっぽいから――」

「…………悠也。ちょっと穴を掘っていただけません？　私は少し、貝になりたい」

ＯＫ、戻ったな。さすが美月。

――大河くん。お互い性癖に理解のある恋人で幸せだね。……涙が出るくらいに。

「さ～て。今日はそこまで時間は無いんだから、とっとと遊ぼうか！」

「うんっ、そうだね悠也♪」

テンションだだ下がりな大河の処置を雪菜に任せ、遊具を借りに海の家に向かった。

◆　　◆

――現在、午後３時過ぎ。

早めの昼食をとった後、遊び始めたのが12時前後だから、３時間以上ぶっ続けで遊んでいたのか。

お約束の水掛け合いから始まり、水中鬼ごっこ、そこから俺と大河の遠泳勝負に。

一応は俺が勝ったが、『陸の上では負けません！』という大河のリベンジ宣言によりビーチフラッグス勝負になり、こちらは完敗。

そして健闘を称え合う俺たちに、女性陣が『待ってました♪』と水ブッ掛けた事から、水の掛け合い↓水中鬼ごっこと、２周目に突入していった。

さすがに疲れたので、俺は美月とパラソルの下で休憩中。

「……もうしばらく、動ける気がしない」

「あはは……お疲れ、悠也」

そう言って、クーラーボックスからスポーツドリンクを取り出して渡してくれる美月。

「ん、ありがと」

美月も自分の分を取り出し、揃って一口。

そして、特に合わせたつもりは無いが——口を離して一息吐くところまで揃ってしまい、顔を見合わせて笑う俺たち。

「兄さんたちとの合流、５時半だよな？　時間的には……一休みしてからもう一回突撃して、少しはしゃいで戻れば丁度くらいって感じか？」

「うん、そんな感じかな？　少し余るかもだけど、更衣室が混む可能性もあるし。それにもうチェックインは出来るから、早めに旅館に戻っても良いしねー」

美月の返しに『だな』と短く応えた後……俺は視線を海に向けて。

その先では大河と雪菜が波打ち際で——あれは貝でも探しているのだろうか？

仲良く笑い合っている2人をボーっと眺めながら、頭では別の事を考えて——

「——何を考えてるのー？」

「…………ほら、宿の部屋割り、どうしようかな、と」

「え？　——あ、そっか。今回はそれも考えないといけないのかー」

本来の参加人数なら、鳥羽&伏見家で大き目の1部屋。大久保家、沢渡家、あと兄さん&透花さん夫妻で1部屋ずつ。合計で4部屋。

「兄さんと少し話して——男女で分かれるから2部屋は確保してある。それで、俺たちの家族が泊まるはずだった大部屋はキャンセルして……もう1部屋は保留。宿にキャンセル待ちが無かったら確保する形で——だから合わせて3部屋になるかもってトコ」

「え？　この状況なら——男女別の2部屋でいくかと思ってた」

「……まぁ、普通はそうなんだけど。兄さんと透花さんは夫婦なんだから、本来は分ける理由が無いな、と。あと透花さんには、極力ゆっくりしてもらった方が良いと思うし」

「ああ、なるほど……」

そういう意味と――あと少し思惑もあって、可能なら3部屋、と。

ちなみに、保護者陣の全員欠席が確定したのは昨日。

よって直前キャンセルという扱いで、料金はほとんど戻ってこない。

だからこそ、宿にこれ以上の迷惑が掛からないなら、という事で考えていた。

「……なぁ美月。もし3部屋取れてたら――」

「ん？」

俺は『ある事』を訊こうとしたが――それなりの覚悟が必要な上、状況次第では無駄になるため、今は止めようと思い直した。

「――いや。この話は宿に行って、取れてる部屋数を確認してからだな」

「うん、そうだねー。……で？」

……同意した美月が、再び何かを訊いてきた。

「『で？』とは、何の事でしょう？」

「だって――さっき考えてたのは、ソレじゃないでしょ？」

……当然の様に、確信を持って、こちらの図星を突いて来た。

「やっぱり誤魔化しきれないか」

「――っていうか悠也も、私に訊かれた時点で諦めてたでしょ？」

「……まぁ。大体、俺が何を考えていたかも察してるんだろうな、と」

正確に言えば――『ソレだけじゃない』だが、確かにメインで考えていたのは違う事。

話しかけてきたタイミングと口調が、『疑問』ではなく『確認』っぽかった。

だからバレているとは思っていたが――それでも話し難い事だったため、少し誤魔化そうと努力してみただけで。

だから、本当にさっき考えていた事を話そう――とする前に、美月が口を開いて。

「――宿題の事なら、ちゃんと考えてあるし……今夜、言うつもりだよ？」

「……だよな。分かった」

先回りするように告げた美月は、柔らかな微笑みだったが――その瞳の奥には、確かな決意が宿っている様に見えて。……だから俺も、覚悟を決める事にした。

美月が『そういう事』に関してどう思っているのか。それの答えを俺たちの誕生日――

つまり今夜までに出す、という事になっていて。

期限を誕生日にしたのは、区切りに丁度良い日が、丁度良い間隔の所にあったから、というだけではなく。

その日は保護者も一緒の旅行中であるため……さすがにこの手の話を親の前でする気は無いが、それでも近くに居る状況なら、どんな展開になっても俺が暴走する事は無いだろう、という安全装置的な意味合いもあった。

ところが……まさかの保護者陣が全員不参加という事態。

美月と話し合った上で延期か、またはいっそ今聞いてしまうのもアリか、なんて考えていたのだが――見事に先を越されて、逃げ道を塞がれた形に。

「……でもね、悠也？」

「ん？」

なぜか俺を『困った人を見る眼』で見ていた美月が。

「どういう話になっても……多分、私たちが望まない結果になる事は無いと思うよ？」

苦笑いを、楽しそうな笑みに変えて。眩しい夏空を背に言う美月。

それに軽く見惚れながら……意味を考えても、分からず。

「——どういう事だ？」

「んー……何となく、だよ♪　だ・か・ら——」

楽しそうに言いながら、俺の顔に手を伸ばす美月。

それを拒まずにいると、俺の頬に触れて……——摘まんで引っ張ってきた⁉

「——せっかく遊びに来てるのに難しい顔してないのッ！　もっと楽しもうよ♪」

「痛い痛い（いひゃいいいひゃい）っ！　わ、わかったから放してくれよぅ⁉」

……何とか、己の頬を解放させる事に成功。

そこそこ本気で引っ張っていたっぽく——後で、赤くなってないか見ておこう……。

「じゃ、そろそろ休憩終了っ！　雪菜たちの所に突撃しよ♪」

「あいよー。で、その大河たちはどこに——あ、居た。……何やってるんだ？」

波打ち際を走る大河と、それを追いかける雪菜。

それは、俗にいう『捕まえてごら～ん♪』——といった感じでないのは、マジ顔で全力疾走している大河の顔を見れば、一目瞭然で。

「んー、見てなかったけど、雪菜の走る速度を考えると——多分、大河くんが他の女性に眼を奪われたとか……ちょっとした事故でぶつかって触った、あたりじゃない？」

……ビーチフラッグスで俺に圧勝した大河が、雪菜から逃げ切れていない現実。

アスリートばりのフォームで全力疾走の大河を、無表情で息も乱さず、上半身を一切揺らさない忍者の如き走法で追う雪菜。

……普段の雪菜の運動能力は高くない。だがヤミモードを発動させると、飛躍的に身体能力が上がる様子。

「……アレに突撃しろ、と？」

──今の雪菜とビーチフラッグスで勝負したら、多分負ける。

「ガンバレ男の子♪」

雪菜はどう見ても素手で、水着とラッシュガードしか着ていないのに……『近づいたら斬られる』っていう雰囲気がするのは何故だろう？

「……大河をコケさせて止める所から始めるか。──いってきます」

「それが無難だね♪　いってらっしゃ～い！」

この後。上手く大河を転ばせる事に成功。大河は転んで受け身──から速やかに土下座。

それにより、騒動は無事に収まりました。

なお、雪菜ヤミ堕ちの原因は──大河が、波に足を取られてよろけた女性と激突しかけ。

回避&倒れかけた女性を支える事に成功するも、軽く胸部に触れてしまい。

大河は謝り、女性も『私が足を取られたせいなので』と穏便に済んで別れたが――

『――その感触を思い出す様な【ニギニギ】は、ナニかなぁ……？』

『ッ!? ご、誤解です！ 別に【有り得ない未来】を考えたわけではなく……あっ』

……という事だったらしい。

大河くん、どうやら『もし雪菜が、これくらいあったとしたら――』等と考えてしまった様子。――うん。弁解しても、どっちみち地雷踏むね！

◆　◆

「――大河。どのみち雪菜からは逃げられないんだから、即座に事情を話した方が傷は浅いと思うぞ？　別に殺されるわけじゃないんだし」

「そうなのですが――疚しさを自覚している状態で、あの殺気を浴びると、つい……」

――分からなくもない。もし『直前で止まる』と打ち合わせしていても、迫ってくる大型トラックを前にして逃げずにいられる人なんて、ほんの一握りだろうし。

「――ねぇ、悠也くん、大河くん？　もしかして私、『大魔王からは逃げられない』みたいな認識されてる……？」

「あ、あははは……雪菜、落ち着いて。ね？」

必死の誤魔化し笑いをしながら、なんとか雪菜を宥めようとしている美月。

――だけど雪菜さん。ウチの学校で短距離走のトップを争える大河を、貴女は追い詰めていましたよね？　実際問題、誰が逃げられると……？

あの後――ヤミモードの反動か、疲労が一気に来て動けなくなった雪菜と、逃げ回って疲労困憊の大河。

2人を置いてはしゃぎ回るのも気が引けたんで、海に浮かんで少しまったりと漂うくらいに留め、後は海の家で休憩してから早めに宿へ向かう事にした。

それで、先ほどの話をしながら宿に向かい。

入口で出迎えを受けて、フロントでチェックイン。

その際に3部屋取れている事と、兄さんと透花さんはもう宿に入っている事、預けていた荷物は部屋に運んでおいてくれた事を聞き、お礼を伝えてから部屋へ。

案内すると言われたが、大丈夫ですと断り、中へ進むと――

「っ、あれ、もう戻って来たんだ？」

途中で伊槻兄さんに遭遇。兄さんはもう浴衣姿で、手にはスポーツ飲料が２本？

「うん、少し遊び過ぎて疲れたから、キリの良い所で上がってきた。兄さんは……もう温泉に入って来たの？」

「――うん。せっかく温泉地なんだから、たっぷり堪能しないとね。ほら、日本の温泉は久しぶりだから」

「「ああ、なるほど」」

俺の質問に対する兄さんの答えに、納得の声を上げたのは、大河と雪菜。

兄さんと透花さんは海外で何年も暮らしていたため、日本の温泉が久しぶり、というのは納得。実際、海外に行く前も温泉は好きみたいだったし。

しかし一方で俺と美月は……何か違和感を覚え、軽く視線で会話して首を傾げた。

――返答としておかしくはないんだが……何か誤魔化そうとしている気が？

「あ、兄さん兄さん。透花さんは？」

「っと、透花なら部屋で休んでるよ。――ああ、一緒に行こうか。部屋割りの事を話さないといけないし」

　そう言って先を歩く兄さんに続いて、部屋に向かう俺たち。

「おかえりなさい、伊槻――あ、美月ちゃんたちも、早かったのね？」

　部屋に着いた俺たち、というより兄さんとオマケの俺たちを出迎えたのは、兄さんと同じく浴衣姿の透花さん。

　それを見た美月が『にやり』と笑って。

「ごめんね、透花さん？　もう少し兄さんと2人だけの時間が欲しかったよね♪」

「そういう意味じゃないわよ？　食事前に話したかったから、丁度良いくらいよ♪」

　からかった美月に対し動揺する事無く返した、どこか機嫌良さげな透花さん。

　それに対し、美月と雪菜が『……あれ？』といった顔に。

「――さぁ皆も、とりあえず入ってよ。話す事を話しちゃって、のんびりしよう。ね？」

　そう言って館内履きのスリッパを脱ぎ、先に部屋に入り俺たちを促す兄さん。

　この旅館の部屋は和洋室で、入口で靴を脱いで入って手前が畳み敷きの和室。

その奥が絨毯敷きの洋室で、ベッドとソファ、テレビもある。

本来は1家族が泊まる予定だったため4人部屋だから、十分に余裕がある広さ。

俺たちも靴を脱いで部屋に入ると、和室部分で座布団に座った透花さんに、兄さんが手に持っていたスポーツ飲料を渡していて。

と。ここで『……そういう事か』と、違和感の正体に気が付いた。

兄さんに視線を送ると——意味に気付いた様で気まずげに目を逸らしたので、確定。

……その話を追及するのは無粋だし、違う話を振ろう。

「兄さんたちは、街の方に行ったんだよね？　どうだった？」

「——うん。以前とはやっぱり店は変わってたけど……雰囲気は変わってなくて、懐かしいって思ったよ。向こうには、こういう所は無いからね」

「そうね——あ、それからこの宿、中身はすっかり変わっていて驚いたわよ？　外観はあんまり変わっていなかったから、すっかり騙された気分」

俺も、美月や雪菜、大河と同様にテーブル周りの座布団に座りながら話を振ると。

少し安堵した様子を見せた後、微笑みながら語った兄さんと、『騙された』と言いながらも楽しそうな透花さん。

宿の中がリノベーションされたのは一昨年で、去年俺たちがリノベーション後に初めて来た時も、かなり驚いた。

だから、それに同意しながら大河が――

「設備もいろいろ増えましたよね。大浴場も更に広くなりましたし、サウナや――家族風呂なんかも出来ましたし」

「「っ⁉」」

大河の発言に、兄さんと透花さんが一瞬『ぎくっ』的な反応をした。

この反応を見た美月と雪菜、少し『え？』という表情をしたが――すぐに察したらしく、頬を赤くして顔を背け。

それに気付いた透花さんの顔も、一気に赤くなった。

……ちなみに俺は、２人とも入浴済みみたいだったのと、兄さんが部屋の外の自販機にまでスポーツ飲料を買いに行っていた事、気まずそうにしていた事で気付いた。

あと――からかう美月の言葉に透花さんが乗らなかったのも、いろいろ精神的に『補充直後』で余裕があったから、という事なのだろう。

……しかし。約1名だけは、いまだに気付いていない様子で。

「そういえば、ご存じですか？　近くに子孫繁栄のご利益がある神社がある事と、この宿によく一緒に来ていた鳥羽夫妻、伏見夫妻が相次いでご懐妊した事から、温泉を『子宝の湯』として宣伝しようという話が出ているそうです」

「そ、そうなんだ……？　近年は旅行業界も大変らしいからね⁉」

悪気無く話す大河に、温泉の話からは離れたい兄さんが、頬を引きつらせながら対応。

その反応から察するに――少なくとも『子孫繁栄の神社』は知っていたな。

……そして大河くん。その話は、俺と美月にもキくから止めて？

その話を知った親戚が『誕生日が翌日って、そういう……』って話してるのを聞いてしまい、美月ともども結構なダメージ受けた過去があるから。

――っていうか大河、エンパスどうした？　その『オフ』にしてるっぽいエンパスのスイッチ、今すぐ入れて空気読んでくれないかな⁉

しかし……そんな俺の願いは虚しく。大河は更に言葉を続け――

「――『子宝の湯の家族風呂』、今後も世の『子孫繁栄』に貢献していただきたいですね」

「「大河（くん）もうやめてあげてッ⁉」」

俺と美月、雪菜のツッコミ――というより懇願を受けて、『きょとん』とする大河。

兄さんは頬を赤くして顔を背けているし……透花さんに至っては、耳まで赤くして蹲ってしまっていて。

――その……仲睦まじいのは、とても良い事だと思いますよ？

そんなフォローを入れると逆効果になるのは目に見えているので、言わないけど。

「……もしや。また私、何かやっちゃいましたか？」

「「ええ！　それはもう盛大にッ‼」」

素で転生系主人公のテンプレみたいな発言をする大河に、俺たちは揃って怒りのツッコミを入れた――

◇　◇

「そ、それで――3部屋取れてるわけだけど、僕と透花で1部屋でいいのかな？」

下手なフォローは逆効果になりそうなので、刺激しそうな単語は出さない様に気を付けながら、落ち着くまで（特に透花さんが）無難な雑談をすること少々。

――いや、元々が家族旅行の予定で温泉地に来てるのに、『家族』『風呂』『温泉』がNGワードって、どういう状況？

……とにかく。何とか落ち着いてきた所で、兄さんが話を切り出してきた。

「うん。保護者陣が来ていた場合も、元々そうなるはずだったんだし。俺たちに合わせて兄さんたちまで変更する必要は無いでしょ？」

「だねー。透花さんも、ゆっくり羽伸ばしたいだろうし♪」

そう言われ、また少し頬を赤くする透花さん。

そんな奥さまに優しい眼を向けてから、兄さんは……こちらに顔を向け。

「――じゃあ、ありがたく使わせてもらうよ。それで残る2部屋は……どうする？」

そう言った兄さんは、大河たちではなく、俺と美月を見て訊いてきた。

そして大河と雪菜も、黙ってこちらを見ていて。

今日が俺の誕生日で、明日が美月の誕生日。

この夜は毎年、お互いの両親も含め、一緒の部屋で過ごすのが通例。

今年もそのつもりでいたし――その前提で、実は少し計画していた事があって。

それが保護者の不参加によって、予定が変わってしまった。

別に、絶対に今夜じゃなければいけない事ではない。

他の誰かが一緒でも、不都合は無い。

でも可能ならば――


「――可能なら、今夜は美月と同室にさせてほしい」

「……私も、今日は悠也と過ごしたい」

特に打ち合わせもしていなかったのに、俺に続いて告げた美月。

驚いて見ると……少し照れ臭そうに微笑んできて。

そんな俺たちに、兄さんは苦笑いを浮かべ。

「――多分、そう言うと思っていたよ。保護者の代わりとしては、本当なら止めるべきなんだろうけど……」

言いながら、本来『お目付け役』である2人の方を見る兄さん。

俺と美月もそちらを見ると――2人は、むしろ嬉しそうな笑顔を俺たちに向けていて。

「私たちは止めないよ？　ね、大河くん♪」

「ええ。古来より言うではないですか。『人の恋路を邪魔する奴は、馬に蹴られて死んじまえ』と。私はまだ死にたくはないので」

楽しそうに言う雪菜と、冗談とも本気ともつかない事を淡々と言う大河。

「そ、そう言ってくれるのは嬉しいけど……それでいいの？　お目付け役として」

少し戸惑い気味に言う美月。

それに対して、大河が安心させる様に微笑みながら――

「――真面目にお目付け役をしているなら、既に何回か注意しています」


「「俺（私）たちの認識ッ⁉」」

思わず揃ってツッコミ――を入れた俺と美月だが。

他の面々を見ると、『困った人を見る眼』を、俺たちに向けていて。

「えっと……大河くんは正直に言い過ぎ、だとは思うけど。でも私の感想としては『あーあ、言っちゃった』ってくらいだよ？」

「そうよね……。私も美月ちゃんからその手の話を聞く度『……本当にまだなのね』っていう、驚きというか呆れから入るもの」

「特に僕たちが邪魔しちゃったとはいえ……この前のお墓参りの後。あの雰囲気になった後に2人きりになって——何も起きないって確信できる保護者っているのかな？」

最後に言った兄さんに、他の3人——大河も含めて全員が『うんうん』と同意。

……軽く頭が痛くなってきたところで、雪菜が苦笑いを浮かべながら。

「さすがに、あまりにヒドい感じだったら、友達として止めるけど。それ以外なら邪魔しないっていうか、むしろ応援するつもりだよ？」

「——ですね。お2人には恩もありますし……何より、大切な友人ですから」

「え、っと……うん、ありがと」

雪菜と大河に、少し照れ臭そうにお礼を言う美月。

「ああ。ありがとう大河、雪菜。だけど——」

俺も続いてお礼を。……だけど、少し付け加える事が。

「——だけど今日、一線越える気は一切無いからな？」

一応、言っておいた。

——だって雰囲気的に、なんか確定事項って感じに思われていそうだったから。

しかし、俺の発言に対する皆の反応は——

「「「…………」」」

揃って、無言で俺に『何言ってるの？』という様な眼を向けてきて。

「「「……………」」」

そこから——驚異のシンクロ率で、揃って上を向いて、考える仕草。

そして、美月の方を向いて『……どういう事？』という視線を向け。

「あ、あははは……私はちゃんと、今日は無いだろうなーって思ってたよ？　それに——ここで否定しとかないと、逆に『宣言した』みたいになりそうだし……」

「……そう思われても仕方ないとは思うが。俺は単に、2人だけで話したい事があるから、一緒の部屋にしてほしいって言っただけなんだけど？」

「「「…………」」」

今度は、4人揃って気まずい表情で眼を逸らした。

「そんなわけで。……少なくとも今夜に限っては、約束を破る様な事はしないと誓う。だから、美月と2人で過ごさせてほしい」

「私も、今夜は悠也と居たいから。――お願いします」

改めて俺と美月が言うと、兄さんは優しい苦笑いで。

「こう言ってるけど――良いかな、雪菜ちゃん？」

「え？　――はい。私は元々、反対する気はありませんでしたから。というか、なんで改めて私に訊いたんです？」

話を振られて『きょとん』とする雪菜。

だけど俺と美月も、透花さんも分かってるっぽいし――大河も気まずげに顔を背けてるんで、気付いていないのは雪菜だけ。

その状況で、教えてあげるために口を開いたのは――透花さん。

「だって――私と伊槻、悠也くんと美月ちゃんで1部屋ずつだから……残りの1部屋は、雪菜ちゃんと大河くんになるのよ？」

「え？　………………うにゃあああああッ!?」

――気付いてなかったのか。

雪菜さん、即座に真っ赤になり、大慌てで部屋の隅っこに退避。頭を抱えて丸くなり、ぷるぷると震えだした。

大河は、そんな彼女の所へ向かいながら。

「――雪菜も少ししたら落ち着くと思いますから……同室の件、私たちは構いません。そして我々も――雪菜が『心の準備って何？』状態ですので、何もしないと誓います」

そんな言葉が聞こえたらしい雪菜、ピクッと反応した後、ぷるぷるが激しくなった。

「あはは……そうだよねぇ。うん、分かった。じゃあ部屋割りはそんな感じで。……ちょっと早いけど――皆、『良い夜を』」

「――そうだね。……良い夜を」

大河たちの方に苦笑いを向けた後、そう言って俺たちの顔を見回し微笑む兄さん。

それに俺たちも笑顔で返し、この話は終了――

「――あ、透花さん。少しお願いがあるんだけど、良いかな？」

「ええ、良いわよ。何かしら？」

話し合いの主題が終了直後。いい感じの雰囲気で話がまとまり、解散直前。

そんな状況で自然に声を掛けた美月に、自然に応えた透花さん。

そして……『良いわよ』の言葉を聞いた美月は、『にやり』と笑い。

「——ご飯が終わったら、女3人でお風呂行こう♪」

「『…………』」

……同性だけのトークで格好の話題になりそうな事に、全力で心当たりがある2名が、頬を引きつらせて顔を見合わせ。

「え、えっと……ほら、私はもう入ったから——」

「大浴場の方は入っていないよね？　せっかくだし、行こうよ義姉さん♪」

逃がす気は無さそうな美月さん。

……それといつの間にか、雪菜も入り口の方に移動して逃げ道を塞いでいる。

まだ赤いままの横顔から見える瞳が語るのは——『逃がしません』。

それに気付いた透花さん、兄さんに視線で助けを求め——あ、兄さん『……無理っぽい』といった感じで首を振った。

「……そ、それなら、美月ちゃんのいろいろも話してもらうわよ⁉」

「いいよ？　だって私はまだ、隠すような事は無いし♪」

透花さんが精一杯の反撃をするも、美月は正面から粉砕。

——確かに、美月に言い難い事が発生する可能性があるのは『今夜』だから、『今はまだ』

話せない事は無い、か。

「…………わ、わかったわよ！　ご飯食べたらね⁉」

「やった♪」

半ばヤケ気味に言った透花さんと、心から楽しそうな美月。

そして、そちらに意識が向いている間を突く様に、動き出した約１名。

「さて、今度こそ解散というか夕食に――」

「――伊槻さん、お待ちを」

自然な感じで撤退しようとしていた兄さんを、大河が呼び止めた。

「……何かな？」

「いえ。我々は我々で、親睦を深めるために裸の付き合いといきませんか？」

そんな事を至って真顔で言う大河に、兄さんは気まずげな顔をしてから、透花さんの方を見て――援護は無理そうと即座に判断した様で。

「……わかった、食後にね」

「ありがとうございます」

そんな遣り取りで、こちらも男同士のお話しが確定。

というか……俺も少し話したい事があったし、丁度良いと言えば丁度良い。

――だけど、大河は何を訊くつもりなんだろう？

大河の性格上、先ほどの『家族風呂の件』を根掘り葉掘り、というのは考えにくいが。

そして――そこの女性陣３名。

なぜに少し頬を染めて、期待の眼差しで俺たちを見ている？

◆　◆

「……では、負担を掛ける様な事は無かったのですね。――失礼しました」

「あはは……うん、勘違いさせても仕方ないよね。透花の心配をしてくれてありがとう」

現在、俺たちが居るのは大浴場から続く露天風呂。

俺と美月の誕生日という事で、新鮮な海の幸がふんだんに用いられた、豪勢な夕食に舌鼓を打った後。

まだ早い時間のため、少し遊んでから入浴か、入浴してから遊ぶかを話し合った結果

──入浴時に男女それぞれ『お話し合い』がある以上、その後に遊ぶ気にはならなくなる可能性を考慮し、少し遊んでから入浴する事に。

お決まりの『UNO』やら、トランプで大貧民やらで盛り上がった後──午後10時が近づいてきた所でお開き。

そして、いろいろと支度が必要な女性陣より一足早く大浴場へやってきた。

身体を洗い、人が少ない露天風呂の一角、最奥の柵に寄り掛かる様にして腰を落ち着けた所で──大河が兄さんに、例の『家族風呂』の事を訊いた所から、話が始まって。

「──なるほど。つまり大河は『兄さんは、妊婦の透花さんに負担を掛ける事をするはずが無い』、だから『家族風呂に入っているはずが無い』って思っていたから、気にせず家族風呂の話をしてしまった、って事か？」

「……その通りです。大変なご迷惑を」

全力で反省の意を示す大河に、兄さんも俺も苦笑い。

もう笑い話に昇華している事もあり、責める気なんて無いし。

とまぁ、こんな感じで。

兄さんと透花さんに『恥命的』なダメージを叩き込んだ、家族風呂入り露見事件。

大河は前述の思い込みにより、周囲の反応を気にせず話してしまった、という事情。

そして――『家族風呂に入った』↓『負担を掛ける事をした？』↓『奥さん第一の伊槻さんが何故？』という疑問により、今回の話し合いを持ちかけた、との事。


で、訊かれた兄さんが『落ち着いてイチャイチャしたかっただけで、負担を掛ける様な事はしていない』と話し。大河も理解して、誤解は解けた。

「まぁ『家族風呂に入る』イコール『イタす』って考えちゃったのが原因だな。――大河も意外にムッツリだよな？」

「僕も大河くんは落ち着いているって印象だったから、少し意外だったよ」

場を和ます意味も込めて、2人で大河をからかってみた。

すると気恥ずかしげな顔をしながらも、不服を表明してきて――

「――お言葉ですが。愛しい女性と2人きりで入浴となると……普通、何も無いと考える人は少数派だと思うのですが？」

そんな事を言ってきた大河。

それに対し、俺は兄さんと顔を見合わせてから――

「「――そうかな？」」

「…………」

無言で『マジかこいつら……』的な視線を向けてくる大河。

「いや当然、何も思わないって事は無いぞ？　理性で抑えられなくもないってだけで」

「だよね。僕も理性への負荷は結構なモノだったけど――今は透花とお腹の中の子が第一だからね。そう思えば、いくらでも耐えられるよ」

そう言って『だよねぇ？』と言い合う俺と兄さんに、大河は呆れたような顔で。

「……それを自信満々に言えて実行できる者は、そう多くないと自覚すべきだと思います。――おそらく安室氏は私サイドですよ？　そしてもし実際にそういう状況になったら、高い確率で『確定コース』へ直滑降です」

「……こういう話でアイツの話は止めないか？　いろんな意味でヤバイから」

だって否定する余地が少ないんだもん。

安室の理性の問題もあるけど……美羽ちゃん、そんなチャンスを逃すとは思えないし。

と、そんな話で全員の頬が引きつった所で――なんだか背後の柵の向こう側から、賑やかな声が聞こえて来た。

『――うん、やっぱりココの露天風呂はイイ感じだね♪』

『ええ、風情(ふぜい)があって良いわよね。――でも屋内と違(ちが)って、こっちの方はあんまり変わってないのね？』

『確か……リノベーションする時に、責任者の人が【ここの露天風呂には思い入れがあるから】って、ほとんど手を付けなかったそうですよ？　元から良い所だったので誰も反対しなかったそうで――ちょっと照明とかに手を加えただけって聞きました』

『ある意味で職権乱用な気もするけど――でも、良い判断ね♪』

「「「…………」」」

聞こえて来たそんな会話――というか聞きなれた『声』に、思わず黙る男3人。

「(……柵の向こうが女湯っていう昔ながらの構造、変わっていないんだね？)」

「(……うん。理由は――さっきの雪菜の話が、まさにソレだね)」

この宿はリノベーションをされて、その際に大浴場の屋内部分にはジャグジーやらサウナやらが追加されたが、元から好評だった露天風呂は、ほぼ手つかず。

そのため――未だに、『柵の向こうはすぐ女湯』という構造。

まぁ多分、柵が頑丈になっている等はあると思うけど。

「（っていうか昔――父さんたちが若い頃は、ココって混浴だったんだと。脱衣所は別だけど、露天風呂が奥で繋がってるっていう。ここがその名残だってさ）」

「（……その話、私も初耳です。悠也、その情報源は？）」

「（父さんから。……『なんで知ってるんだ？』って訊いたら目を逸らされたから、それ以上は訊かない様にしてるけど）」

「（……理解しました）」

知っても誰も得しない事実。……ある程度の予想がついてしまったのなら、確認はしない方が良い事も沢山ある。

「（どうでも良いけど……なんで僕たち、こんな小声になっているんだろうね？）」

「（この状況じゃ仕方ないと思いマス）」

……いや、いかがわしい意図は一切無いけど。

この状況では普通の男なら――それどころか警察官だろうが無垢な少年だろうが、いっそ穢れ無き天使であろうと、性別が男ならば声を潜めるに違いない。

「（しかし――油断していました。余程に騒ぐかこの柵の近く以外、ほとんど向こうの声が聞こえたりしないのですが……）」

ココは広い風呂の一番奥。こんな所に来るのは聞かれたくない話をする時くらい——

——ん？　という事は……同じ系統の話をする向こうも、ここら辺に来る……？

そんな考えに至って、兄さんと大河の方を見ると——２人も同じ事を思ったらしく、

『……どうしよう？』といった顔をしていて。

それぞれが『聞きたいけど、悪い気もする』、そんな様子で動くに動けない状況。

しかし、そんな俺たちに構わず、状況は動き。

柵の向こう、あまり離れていないであろう場所から、水音と共に『ココら辺でいいかなー』なんていう声が聞こえ。それに続き、２人分の声と水音。

……やはりというか。どうやら女性陣も、この柵の向こう側、その近くに腰を落ち着かせた様子。つまり——向こうの声が、とてもよく聞こえる位置。

「「「…………」」」

顔を見合わせ、妙な緊迫感から、思わず生唾を飲み込む野郎３名。

視線で会話をし——『少し、様子を見よう』という、ほぼ『ガッツリ聞こう』と大差無い行動を選択。ついつい耳を澄ませていると、向こうの第一声が——

『――で、『家族風呂』ではどんな感じで？』

『絶対に訊かれると思っていたわよっ！』

（（初っ端からソレかいッ！））

そんなツッコミの声を必死に我慢した俺たち。

当然、そんな俺たちの事は気にせず、向こうの会話は続いていく。

『……だって、とっても気になるし。ね、雪菜♪』

『あ、あはは……うん、正直に言えば、とても』

『――どんな感じと言われても、基本的には一緒に入っただけよ？　その……伊槻が私に無理をさせるわけがないでしょ？』

少し言い淀みながらも、そう答えた透花さんの声に、迷いの色は一切無く。

さすがは夫婦といった感じの、揺るぎ無い信頼感が込められていた。

確かに家族を――特に自分の妻である透花さんを第一に考える兄さんが、妊娠初期の透花さんに無理をさせるはずが無い。

兄さんを見ると。少し照れ臭そうにしながらも、当然といった感じで頷いている。

さすがは兄さんたち――と、思っていたが、向こうの話はまだ続いていて。

『『――でも、『基本的に』以外の部分がとっても気になる』』

『い、言うわけないでしょうっ⁉』

……思いっきり動揺した感じの声が聞こえてきました。

「(――伊槻さん。『基本的』ではない応用技術があるのですか?)」

「(……無理はさせておりません。それ以外は黙秘させてもらいます)」

冷静な大河からの追及に、顔を背けながら返した兄さん。

いろいろと想像はできるが……イロイロと想像できてしまうから、これ以上考えるのは止めておく。――身内の詳しい事情とか、あんま知りたくないし。

そんな事を思いながら、再び意識を柵の向こうの会話に向ける。

『……でも実際、なんでバレる危険がある時間に強行したんです? その――3部屋取れてたら透花さんたちは同室っていうのは、前もって話していたんですよね?』

『そ、それは――えっと、チェックインの時に設備の説明を受けて……その、勢い余ったというか……堂々とイチャイチャできるの、久しぶりだったし』
『『え？』』
透花さんの回答に、どうやら美月と雪菜が揃って疑問の声を上げた様子。
そして、それと同時に――

「「……？」」

「（あ、あはは――ま、まぁ同居っていろいろあるんだよ……）」

俺と大河から無言の問いかけを受けた兄さんが、誤魔化す様に言った。

兄さんが話さなくても、多分あっちが言うだろうけど。

そして――だからなのか、大河も別の所をつっこむ様で。

「（……伊槻さん、チェックイン直後に家族風呂の予約を入れたのですか？）」

「（そ、そうだけど――何か？）」

「（いえ。ただ……フロントで対応した方は『極めて仲の睦まじい夫婦』と認識しただろうな、と）」

「（……うぁ）」

何かで頭がいっぱいになると、たまに他がスッポリ抜けるという、兄さんの悪いクセ。

余程の事ではならないはずなんだけど——余程の事、だったのだろう。兄さん的には。

そうなる原因はなんだろうと、向こうの会話に耳を傾ける。

『……家ではイチャイチャできてないの？　やっぱり、旦那の実家だと難しい？』

『——ううん。これは多分、もし私の実家で同居していても同じだと思うんだけど……ちょっと想像してみて？』

『『はい？』』

『えっと……程度も時間も各自の想像に任せるけど——お相手と自分の部屋でイチャイチャして、満足したとするじゃない？』

『——うん』『……はい』


『——で、部屋を出て3分以内に家族と遭遇したら、どう思う？』

『『…………うっわぁ、気まず……』』

『コレ、実際に知られたか云々は関係無さそうだよねぇ……』

『ええ。しかもイチャイチャの質と満足度に比例して、反射ダメージも上がるのよ……。

だから家では、人目をはばかる必要のある事は避けようって話に――』

気まずそうな透花さんの声と、脅威をしっかり理解した様子の雪菜と美月の声。

「（――伊槻さん。実際は、どんな状況だったのですか？）」

「（……ドア開けたら母さんが居たから――2秒くらい）」

「（……ほとんどクロスカウンターじゃないですか）」

俺と美月も同じ状況になれば、けっこうなダメージを食らうだろう。

――美月と結婚したら、子供ができるまでは絶対に2人で暮らそう……。

早々の同居は絶対に止めようと心に決めながら、意識をまた会話に戻す。

『そんな理由で……その、実は今回の旅行、すごく楽しみにしていて……うぅっ、ちょっと暑くなってきたわねっ！』

誤魔化す様な言葉の後に水音。多分、立ち上がって湯舟の縁にでも座ったのかな？

『……服の上からじゃあんまりわからないけど――こうして見ると、本当に赤ちゃん居るんだってわかるね……』

『――普通、妊娠初期は旅行なんて控えた方が良いんだけど……私は悪阻もほとんど無いから、医者にも許可を貰えたのよ。——この子、大人しい子なのかしら』
『この子も——もしかしたら、パパとママが仲良くするのに協力したのかも？』
『あははっ！　そうかもね♪』
そんな、優しい声での会話と、温かな笑い声。

俺と大河は、思わずニヤニヤ笑いで兄さんの方を見ると——

「…………（←）」
——照れ臭さのあまり、兄さんは全力で顔を背けていました。
そんな兄さんを見て、俺と大河は苦笑いを交わしながら……俺たちが願う到達点の1つに立っている事を、心から羨ましく——

『だけど……やっぱり綺麗だよね、透花さん♪　兄さんはよく我慢できたよねぇ』

「「——っ⁉」」
からかう様な美月の声で、和やかな思考が一気に吹き飛びました。
……このまま透花さんの、そして女性陣のお身体の話になってしまった場合、聞いていて良いのだろうか。

——今なら引き返せる。だが……正直、めっちゃ聞きたい。だけど、しかし——

そんな事を考えていると——こちら側、男湯の方から賑やかな声が。どうやら集団が入って来た様子。

「兄貴！　相変わらず僧帽筋のラインが素晴らしいですね！」

「はっはっは、そうだろう？　腹直筋や大胸筋などの目立つ部位だけではなく、全身くまなく鍛えてこそモテるというものだ！」

「さすがです！　これで今年こそ、彼女いない歴に終止符ですね‼」

「そうですね、せめて我々の内から1人は！」

「「「「はっはっはっは！」」」」

（（（結局モテてはいないのか）））

……赤の他人の会話に、3人揃ってそんな事を言いたい顔をしてしまったが——

「（アレは、私とは別の宗派ですね。筋肉は女性にモテるために育てるモノではありません。筋肉とは己を鍛えていく中で対話し、共に育っていく友なのですから）」

「（……正直、それはどうでもいいんだが——俺たちがここから遠ざかるには、あの集団の前を通って行かなきゃならない、な？）」

「（うん、そうだね。それに……もし僕たちが退いて、彼らがココに来たら、女性陣の会話を彼らに聞かれてしまうね）」

「（……それは少々不愉快ですね。では、女性陣のためにもココを動けませんね）」

男3人、スムーズにそんな会話を交わし。顔を見合わせ――

「「「…………（こくり）」」」

揃って頷き――この場を、彼女たちのプライバシーを死守する事に決めた。

（要約：口実を手に入れたので、このままガッツリ聞きます）

「（あ、でも――うん。ちょっと待ってて）」

「（兄さん？）」

そう言った兄さんは、水音を立てない様に少し移動。

俺と大河から少し離れた場所で――湯舟の湯で顔を洗う仕草で『パシャッ　パシャパシャッ　パシャッ』と水音と飛沫を立てた。

その音に、先ほど入って来た集団が気付いた様で。

「――む、先客が居たか。お前たち、迷惑になるから騒ぎ過ぎるなよ？」

「「「「うっす、自重するッス！」」」」

そんな遣り取りの後、こちらに一礼してきたマッチョ軍に、こちらも会釈を返す。

……なかなか、統率のとれた集団の様子。

「(――ただいま。一応、こちらが居るって事は知らせておいたんだよ)」

「(なるほど。伊槻さん、お疲れ様です)」

戻って来た兄さんに、労いの言葉を掛ける大河。

……とにかく、これで向こうの会話に集中出来る。

『…………ま、これくらいは大丈夫ね』

『ん？　どうしたの透花さん？』

『ううん、何でもないわよ？　――私と伊槻の事をからかうけど、美月ちゃんたちだって

……って、悠也くんの自制心の強さは今更ね。それなら――』

『な、なんですか……？』

『『いやぁ、大河くんもよく我慢できてるなーって♪』』

『はぅッ!?　……でも私は――2人程じゃ、全然ないよ？』

透花さん、攻撃しやすい雪菜に矛先を向けた様子。

……そして、すかさず便乗する美月さん、さすがです。

それで。雪菜が気にしているのは——おそらく、胸部装甲の事だろう。

当人はなかなかのコンプレックスになっている様子だが……それに大河の反応は。

「……（ふるふる）」

兄さんと共に視線を向けた先の大河は、ゆっくりと『そんな事はありません』といった感じで首を横に振っていて。

そして、それを肯定する様に、向こうの話も続く。

『そう言うけど……雪菜ちゃんも、かなりスタイル良い方よ？　少なくとも『子供っぽい』と言われるスタイルじゃないわね』

『うんうん♪　タイプが違うだけで、お世辞抜きで雪菜も綺麗だよ？　むしろ、そのスタイルで胸が『ドーン！』だったらバランス悪くなりそう』

『そ、そうかな……？』

戸惑い半分、照れ臭さ半分な感じの雪菜の声。それに対する大河くんは——

「……（こくこく）」

『わかっているじゃないですか』と言いたげに、満足そうな頷きを。

実際、モデル系の透花さんや、グラビアもいけるアイドル系な美月の様な派手さこそ無いが、清楚で儚げな印象を与える容姿の雪菜も、十分以上に綺麗だと言える。

たとえるなら──国民的美少女コンテストからの女優コースがありそうな容姿。

今日も雪菜の水着姿は見たばかりだから、俺も大河の反応に異存は無いが──

「（なぁ大河、ちょっと訊いていいか?）」

「（はい、なんでしょう?）」

大河の返答を聞きながら、万が一にも向こうに聞こえない様に、大河と兄さんを少しだけ柵から離れた所に誘い。

「（……言いたくなければ答えなくていいけど──お前、雪菜の、見た事あるの?）」

「（──うっ）」

先ほどの大河の反応が、なんとなく『よく知っています』みたいな感じに見えたため、素朴な疑問として訊いてみた。

それに対する大河の反応は──『気まずさ』や『恥ずかしさ』だけでなく、なぜか少し悔いる様な……苦味も混ざった反応で。

思わず、兄さんと顔を見合わせていると――

「（……以前、雪菜が風邪を引いた際に看病をした事がありまして――その時に見てしまった下着姿で、危うく理性が飛びそうに……）」

「「（ああ、なるほど……）」」

俺も兄さんも思わず納得。

状況・程度にも依るが、風邪で熱っぽい女性に色気を感じるのは理解できる。

しかも大河は下着姿を目撃し――そして性格上、雪菜が弱っている姿で理性を揺らされた事に、自己嫌悪も抱いているのだろう。

「（そういう状況だと、僕でもノーダメージは無理だよ？）」

「（同じく、俺も無理。衝動抑えきれただけで、お前の理性は十分だと思う）」

「（――そうですか？　ですがお２人なら、危険域には達さないのでは？）」

大河に言われて、少し考える。

確かに、理性を揺らされるが――襲いたい、というレベルにまで行く気はしない。

「（でも俺の場合は――子供の頃から、たまに美月の看病とかしてたからだと思う。多分『女性の美月』じゃなく『幼馴染の美月』として対応できるからじゃないか？）」

「（……なるほど。そういう事も有り得るのですね）」

俺と美月も、大河と雪菜も、同じ幼馴染同士のカップル。


だけど俺と美月は、幼い頃は性別を気にせず付き合っていた。

だけど大河と雪菜は——おそらく、最初から『男女』という認識があった。

それが俺たちと大河たちの、決定的な違いなのだろう。


「（僕の方は——うん、今なら確かに危険域には行かないね。でも……結婚する前なら、状況次第じゃ結構あぶなかったと思うよ）」

少し長めに考えていた兄さんも、俺に続いて回答。

それに対して大河は『……ふむ』と、少し考える仕草をしてから。

「（やはり——結婚すると、いろいろと認識が変わるものですか？）」

「（人にも依ると思うけど——変わると思うよ？　責任とかが増えるから、それなりの覚悟が求められてくるわけだし）」

言葉を選びながら、真面目に返してくれた兄さん。

俺と大河は——その中の『覚悟』という単語に反応。

軽く視線を合わせ、同じ事を考えたのを確認してから、兄さんに訊く事にした。

「(――兄さんが結婚した時の『覚悟』って、何?)」

「(うん? んー、ごめん質問の意図が分からない。何を訊きたいの? ――いや、ちょっと待った。……この状況で話す事じゃないよね?)」

どうやら、俺たちが真剣に訊いている事を察したらしい。

……確かに、盗み聞きしながら話す事ではない。

では、一方のあちら側の会話はどうなっているのかというと――

『――それで、美月ちゃんは今夜、どうするのかしら?』

『……うっ』

『あら? お風呂に入る前は「隠す事はないし♪」とか言ってたのに、何とか話さずに済まそうって思ってたの?』

『うぅ――ゆ、雪菜は今夜はどうする気っ⁉』

『こっちに飛び火させるの⁉ そ、それは……』

……奇しくもあちらの会話が、少々聞いていて良いか迷う系統のモノになりそうで。

「(――そ、そろそろ撤退しようか)」

「(で、ですね。これ以上聞くのは無粋というものかと――)」

と、早々に柵から離れ――ようとした俺と大河の肩を、ガシッと掴む手が。

「(……もう少しだけ聞いていこうよ、ね？)」

なぜか、少し楽しそうな笑みで言った兄さん。

その事を疑問に思っている内に――あちらの話は進み。

『――そうね、じゃあ順番に話してもらいましょうか♪』

『っ⁉　な、なら先に透花さんが話してくださいっ！』

『――え、私？　普通にイチャイチャして過ごすわよ？』

『お、大人の余裕っ⁉』

美月と雪菜は『大人の余裕』と言ったが、その透花さんの余裕はむしろ――

「(……開き直っている感じ、だな)」

「(――なるほど。透花さんは既に暴かれ済みですからね……)」

透花さんの余裕は、すでに恥ずかしい事は暴かれた後の上、今晩もイチャイチャして過ごすのは誰もが予想しているため、今さら暴かれる事が無い故の開き直り。

そして、パートナーである透花さんに余裕がある以上、それは兄さんも同様。

だから現状では、兄さんが最も余裕がある。

これが先ほど俺たちを引き留めた理由――かとも思ったが。

兄さんの笑みを見る限り、どうもそんな意地が悪い理由じゃ無さそう……？

『それで――まずは雪菜ちゃん。……いきなり同室って事になったわけだけど、本当にどうする気？』

『――えっと。とりあえず大河くんが言ったとおり、一線越える事は無いです。その……普通に仲良くして過ごす、って感じかなって……』

『じゃあ雪菜、さっきあんなに動揺してたのは？』

『……だって、一緒の部屋で寝るのは初めてだし……そ、そういう美月ちゃんは？』

『――実は私たちも、２人きりで一晩過ごすのは、初めてなんだよね……』

「「っ、――？」」

お互いに顔を見合わせ、『えっ、マジで？』と口を動かす俺と大河。

「（……いえ、この状況で驚かれるのは、やはり悠也の方だと思いますが？）」

「（まぁ、そう思われるのもわかるが――その、【最後の一線】を守る【最後の防壁】というか……そこ越えちゃうと後は一直線な気がして）」

「（――気持ちはわかります。こちらも同じ様な理由ですから）」

お相手が隣に住んでいる関係で、やろうと思えばいつでもできる。

だからこそ……一度やってしまうと歯止めが利かなくなり、あっという間に最後の一線まで突破しそうだから、2人だけで夜を過ごすのは避けてきた。

そして、そんな俺たちを微笑ましそうにニコニコと眺めている兄さん。

その様子からは、まだ動こうという気配は一切――

『……ちょっと意外ね。それで――どうするの？』

『え、っと……私たちも、普通に仲良く過ごすだけだと思うよ？　悠也の性格上、まず今日は――そ、そういう事は無いと思うし。それに私も、ちょっと憧れてる事があるから、今日以外がいいなって思うし……』

『なるほど、うん。両方とも、今夜は何も無さそうっていうのは理解したわ。——でも、もし悠也くん・大河くんが本気で迫ってきたら、どうするのかしら♪』

『『……へ？』』

『だって——絶対に無い、とは言い切れないわよね？　2人きりだし。この旅館、結構いい雰囲気だし。私たち、イイ感じで湯上がりで会うわけだし』

『『…………』』

『あははは！　——うん、その反応でよくわかったわ♪』

『『透花さんッ！』』

「「…………」」

横を見ると、のぼせた様に真っ赤になっている大河。……俺も同じ有様だろう。

……美月たちがどんな反応をしたか、はっきりと想像できてしまった俺と大河。

そんな状態で黙り込む俺たちを、微笑ましそうに眺めている兄さん。

「（……これ以上はヤバイ。出よう）」

「（賛成です悠也。直ちに出ましょう）」

「（あははっ、うん、わかったよ）」

マジ顔で撤退を即決した俺と大河。

それに兄さんも笑顔で応じ、移動を開始……したのだが。

途中で、兄さんが『バシャッ』と、大きめの水音を立てると——


『あら？　そちらはもう上がるの？』

「うん、そうするよ。そっちはゆっくり入っていて大丈夫だよ？」


「『『——はいッ⁉』』」

ご夫婦のナチュラルな遣り取りに、柵の両側で揃って驚愕の声を上げる俺たち。

『ゆ、悠也そっちに居るの⁉　透花さん知ってたの⁉』

『さっき、伊槻が合図送ってくれたのよ。伊槻が居るなら、悠也くんと大河くんも居るだろうなーって』

『ッ！　さ、さっきの質問は聞かせるつもりでしましたねっ⁉』

柵の向こうは阿鼻叫喚。そして——それはこっちも同じで。

「兄さん、なんで⁉」

「いや、だって。さすがに聞かれたらマズイ——っていうか、聞いちゃったら気まずい話をされる可能性もあったでしょ？　透花のそういう話は聞かれたくないし——美月や雪菜ちゃんのそういう話も、聞かれたくないでしょ？』」

問い詰める俺に、しれっと返す兄さん。

「……それなら、早々に止めれば良かったのでは？」

疲れた様な口調で言う大河。それに対する回答は——柵の両側からで。

「『いやぁ、シチュエーション的に楽しかったから、つい？』」

「『『…………』』」

困った様で、全く困っていない感じの言葉に、完全に言葉を無くす俺たち。

「……とにかく、出よう」

「……ですね」

とっても疲れた感じで、脱衣所に向かう俺と大河。その背後で——

「そんなわけで透花？　僕たちは先に出てるから、そちらはごゆっくり。——あと、そちら側のフォローよろしく～」

『はいはい、わかってるわよ。また後でー』

……ご夫妻のそんな遣り取りを聞きながら。完全にしてやられたと、軽い敗北感を味わった俺と大河だった。

なお——反応が無い美月と雪菜がどうなっているかは……なんとなく想像がつくため、今は考えない事にします。

◆　◆

——パキッ　カコン　カコン

「あー、なるほどねぇ……。我が妹ながら、しっかりしていると言うか重いと言うか——」

この前の花火大会の日に話した事、かつて雪菜に訊かれた美月が『関係に名前を付ける事は、約束と覚悟を周囲に示すという事』と答えた事を話した。

すると——呆れた様に言いながらも、少し嬉しそうな兄さん。

どうやら兄として、美月がしっかりした考えを持っている事を喜んでいる様子。

——パシッ　カコッ

「で。実は美月と、お互いに『今日まで考えといて』っていう宿題を出し合っていて――俺のはその『覚悟』なんだよ。だから、兄さんのも聞いてみたいな、と」

――パキッ　カコン

「……想定以上に真剣に訊いていたので、どうしたのかと思ってはいましたが、そういう理由でしたか」

「なるほどねぇ。――ところで悠也くん、大河くん？」

――パキッ　カコンッ

「……何かな、兄さん？」「……何でしょう、伊槻さん？」

――パキッ　カコッ

「――こういう話を、なぜ卓球しながら？」

「『さっきの事から意識を逸らすためですっ』」

――パキッ

……兄さんへの返答と同時に打ったスマッシュは、台を外れてアウトに。

そんなわけで――ココは風呂場の脱衣所の外、『男』『女』と書かれた暖簾が見える場所にある遊戯スペース。

そこに置かれた卓球台で、俺と大河がラリーをしながら、兄さんと話していました。

……話をするにも、脱衣所には他に人が居て。それならと外に出て――人が居なかった場所が、この卓球台の周辺で。

のんびり会話していると、さっきの記憶が蘇ってきたので――落ち着かない感覚に身を任せ、ラケットと玉を手に取った次第。おそらく、大河も同じ。


……とはいえ。説明は終わって本題に入るため、さすがに卓球は中断。

飛んで行ったピンポン玉を拾ってきた大河に軽く謝ってから、兄さんに。

「――そんなわけで。兄さんが結婚した時の覚悟って、何なのかなって」

「なるほど。それなら……うん、僕は悩む必要は無いね」

「という事は――伊槻さんの覚悟は、やはり？」

迷う事無く言う兄さんに、大河が声を掛けると――当然の様に、兄さんは口を開き。

「もちろん僕の覚悟は――家族を、特に透花を第一に行動する事、だよ」

「それは――兄さん自身よりも？」

「うん。他の誰より、僕自身よりも、だよ。――子供が生まれたら、優先順位1位タイになるって感じだと思うけど……そこら辺は透花と話し合ってから、かな？」

　近くの自販機で買ったお茶を飲みながら、当然の事の様に軽く答えた兄さん。

　だけどそう語る瞳には――揺るがない意志の光が宿っていて。

　何でもないという風に飄々としていながら、確固たる信念を持っているというのは――美月も含めた伏見家の方々の特徴だと思う。

「……さすが、伏見家の人だよね」

「ありがとう、素直に誉め言葉として取っておくよ。――で、その覚悟の話……そうだね、大河くんは何て答えるのかな？」

　そう言った兄さんだが――最初に俺の方を見てから大河に話を振った事から、『悠也くんのは、後でしっかり聞かせてもらうよ？』という事だと認識。

　大河もそれに気付いた様で、苦笑いしながら話し始めた。

「私の覚悟、ですか。――2つあります。まず1つは……伊槻さんと同じく、雪菜を第一に考える、という事です」

「――うん。まぁ大河くんならそうだよね。そうなると……もう1つが凄く気になる」

確かに、1つがコレという事は――兄さんの覚悟に加えて、という事になる。

兄さんが気になって当然だし、俺も非常に興味がある。

そんな俺たちの心情は分かっているだろうに、大河に臆した様子は無く――

「もう1つの覚悟は――雪菜が道を間違えた場合は、私がどんな手段を用いてでも止める、という事です」


「……なるほど、ね」

そう言って、考え込む様に腕を組む兄さん。

大河の覚悟は、凄く納得ができた。

雪菜は、その――ヤンデレ気質もさる事ながら、得意分野が情報関係で……扱い方次第では、大勢の人間を傷付ける事になる。

今の雪菜が、そんな事を意味も無くするとは思わない。だけど……今後、何らかの心情の変化が、絶対に無いとは言い切れない。

もし万が一、そういう事態になったら――大河が絶対に止める。

それはもしかしたら――『絶対に味方でいる』という覚悟より重いかもしれない。

そして……雪菜にとっても『間違えたら止めてくれる人が居る』という事は、間違いなく救いになっている事だろう。

「なんというか――本当に大河は『騎士様』だよな……」

「『騎士様』、ですか？　それは褒め言葉と受け取って良いのでしょうか……？」

――まぁ、基本的に誉め言葉です。……少しだけ、呆れも混ざってるけど。

盲信する事無く、姫の生き様すらも守る騎士。

そんな姿は素直に尊敬できるが……同時に、本当に高校生らしくない、とも思う。

「……あはは、その『騎士様』っていうのは僕も納得できるから、単純に誉め言葉って思っていいと思うよ？　――それで大河くん、少し頼みたい事があるんだけど」

「――何でしょうか？」

訊き返す大河だが……俺には、兄さんが何を言うかは予想できる。

「優先順位は雪菜ちゃんの後でいいから――僕が道を間違えた時も、お願いしたいんだ」

「――悪い大河、俺の時も頼む。……お前なら信用できるし」

俺も兄さんも軽めな口調で言ったが——込めた意思は、真剣そのもので。

それを、しっかり理解したらしい大河は、少し考える様に黙り込んだ後——

「——承知しました。ですが……その代わりにお願いします。私が間違えた場合は、お2人が止めてください」

そう言う大河に、俺と兄さんは顔を見合わせてから——覚悟を込めて頷き。

「——わかった、約束するよ。……いっそ、この3人で相互監視って事にしない？」

「うん、いいね。俺は賛成。——大河は？」

「——わかりました。私ももちろん賛成です。……今後とも、よろしくお願いします」

そう言って——新たな誓いを秘めて、笑みを交わす。

……だけど、少々気恥ずかしくなってきたため——再びラケットとピンポン玉を手に。

それに気付いた大河も、苦笑いを浮かべながらラケットを構え……再び、緩いラリーを始める俺たち。

そんな俺たちを、微笑ましそうに眺めていた兄さんだが、やがて——

「——で、そんな所で……満を持して、悠也くんの覚悟の話になるんだけど？」

「……うん、誤魔化す気はなかったけど――ハードルがエラい高くなってない？」

そう返すと、大河も兄さんも苦笑い。……まぁいいけど。

大河とのラリーを続けながら、どう話そうかと少し考え――


「――実は。一度は出した答えを美月にダメ出しされて、それで宿題になったんだよね」


「ッ！　どういう状況っ⁉」

……大河はラケットを空振り、兄さんはお茶を吹き出しかけながらツッコんできた。

――真面目に考えた人生を懸ける覚悟にダメ出しされるって、普通は無いよねぇ。

「美月に言ったのは――『美月を泣かさない事』と『絶対に逃がさない事』だったんだ」

「……ああ、1つはあの冬山の件の、か。確かに悠也くんなら、最優先事項だね」

兄さんも、もちろんあの一件を知っている。だから、すぐに納得した様で。

「――片方は、雪菜と同じ答えではないですか。何故に……？」

「美月にも訊かれたけど――本当は美月を束縛する気は無いから『逃げられない様に』なんだけど。でもそれだと受け身だから、自分から努力するって意味での『逃がさない』」

「あはは！　うん、悠也くんらしいね。――で、なんでコレがダメ出しを？」

「簡単に言っちゃうと――美月が『悠也からは逃げないし、泣かされても構わない。だから意味無いよね？』って事で……」

「……美月さんらしいと言うか、何と言うか」

「我が妹ながら、しっかりしていると言うか、重いと言うか……」

　兄さんのセリフは2回目だが……今回は頭痛そうに言っているのが印象的。

「――状況が変わったんだから、覚悟を変えるっていうのも、確かに有りだと思うんだよ。兄さんの覚悟だって……透花さんの事だから、子供が生まれたら『私より子供を優先させなさい！』っていう可能性、かなり高いよね？」

「……うん、そうなんだよね。子供が生まれたら、透花に言われるまでもなくそうなる可能性もあるし――」

「そんなわけで、変える事に抵抗は無いよ。――他ならぬ、美月の要請なんだから」

　俺の人生の、最も多くを占める事になるであろう存在の、美月。

　その美月にとって意味を成さない覚悟なら、持っていても意味は無いのだから。

「……はぁ。悠也くんの重さも大概だよねぇ。――で？　新しい覚悟は決めたの？」

「もちろん。今夜までの宿題だし。だけど――」

ここまで話したところで……この先の話をどうするかと、少し迷い始めた。

この後で美月に話す予定の、新しい覚悟。

それを今、話すつもりだったのだが――

「……ごめん兄さん。新しい方は、今は言えない。……美月に、先に言いたいから」

「――あははっ！　うん、それでいいよ。……今夜はいろいろ大変だね。プレゼント、今夜渡すつもりなんでしょ？」

「――もちろん。そのつもりだよ」

兄さんが言ったのは、美月へ贈る物。

兄さんたちには事前に話して、いろいろ協力してもらっていて。

実は安室も含めた4人で話をした日、あの話し合いの前に購入したのが、ソレ。

「今夜はいろいろと大変そうですが――応援しています、悠也」

「――ああ。ありがとう、大河」

真摯に応援してくれる大河に、心配無いという意味も込めて、笑みを返す。

そんな俺たちを、笑顔で見ていた兄さん――だが、ふと思い出した様に。

「――あ、そうだ。美月に渡した時の反応、後で教えてもらえないかな？　協力者として、やっぱり気になるし」

そう言ってきた兄さん。

その事に、異論はない。協力してもらったんだから、結果と、それを話した上でお礼を改めて言うつもりだった。

だから、問題は無いんだが――

「ところで――どっちの方の事？」

「んー、どっちも知りたいけど……とりあえず、誕生日プレゼントの方を」

そんなわけで――実は、美月に渡す物は2つあって。

1つは、もちろん美月への誕生日プレゼント。

誕生日の夜にプレゼント交換をするのが恒例行事。だから、美月も俺へのプレゼントを用意しているはず。

そして今年は、それ以外に、もう1つ。

「──ところで、もうそろそろ女性陣が出て来ると思うのですが……最後に、一勝負しませんか？」

そう言って、ラケットとピンポン玉を見せてくる大河。

そういえば──軽く遊んでただけとはいえ、最初は俺がアウトで、その次は大河が空振り。奇しくも今は同点か。

「いいだろう、受けて立つ。ただ、時間無いから1点先取な」

「そうですね、わかりました。では──サーブは悠也からどうぞ」

「──わかった。じゃあ、行くぞ」

サーブを譲られた事を『ナメられた』とは思わない。相手の思考を読む事に長けた大河は、返しの方が得意なのだから。

仮にも『勝負』と言った以上、俺も大河も本気。

──『一球入魂』。このサーブ一発で決めてみせ──

「──あ、居た。ごめん伊槻、待たせたかしら？」

「透花。ううん、そんなに待っていないよ」

サーブを打つために玉を放り投げる直前、そんな遣り取りか聞こえて来た。

赤地の布に白で『女』と書かれた暖簾をくぐって出て来た透花さんが、兄さんを見つけて声を掛け。それに自然に応えた兄さん。

こういう普通の対応を当然の様にできるのは、さすがは夫婦と言うべき所。

……透花さんが出て来たという事は——すぐに、美月と雪菜も来る。

「時間がありません。悠也、サーブを早く」

「くっ、わかってる！　行くぞ大河——」

俺は、全身全霊を込めたサーブを放つために、ピンポン玉を高く放り上げ——


「——お、おまたせ、悠也」「た、大河くん。その、おまたせ……」


「「あっ——」」

……声を掛けられた俺、全身全霊を込めた空振り。

勝負以前に己に負けた俺は……思わず膝と手を床に付けた。

「——悠也。気持ちは、わかります」

「……アリガトウ」

『失意体前屈』状態の俺に、気遣いの言葉を掛けてきた大河。

そんな親友に、棒読みの感謝の言葉を返すと——そんな俺たちに気付いた女性陣が近寄って来て。

「え、っと……悠也、何やってるの？」

「……あ、ああ。——いや、なんでもな、い……」

言いながら起き上がると——目の前には、湯上がりで少し頬を上気させた、浴衣姿の美月。

その姿は去年も見たはずなのに……やはり状況と心情が違うせいか、かつて無い程に色っぽく思えてしまい——

「ええ、っと……あははは」

隠し様が無い程に顔が熱くなってしまった俺に——美月も気付いた様で、少し恥ずかしそうにしていて。

その後ろでは——大河と雪菜も、俺たちと似た様な感じになっている。

……兄さんたちとは違い、即座にぎこちなくなった俺たち。

ココで待ち合わせした事は何度もあるけれど……大抵は保護者も一緒だったし、ましてや今回、この後は一緒の部屋で一晩を過ごすわけで。

当然の事ながら……慣れない。慣れていようハズが無い。

……しかも先ほどの露天風呂での一件もあるため、尚更で。

そして、そんなぎこちない俺たち4人を楽しそうに見ている、兄さんと透花さん。

そんな2人に抗議と、助けを求める視線を送ると——軽く苦笑いをして。

「——ここだと、他のお客さんの邪魔になるかもしれないから、部屋に行こうか」

そう言った兄さんが、部屋に向かって歩き始め。

それに続いて透花さんが——俺たちに微笑みかけてから、兄さんの後をついて行き。

「あ、あー……うん、行こうか」

「そ、そうだねっ！」

「「…………」」

続こうと声を掛けると、無理にテンションを上げた感じの美月と——部屋に行くという事で、さらに顔を赤くして、返事をする余裕も無さそうな、大河と雪菜。

——本当に俺たち、大丈夫だろうか……？

そんな不安を抱きながらも、兄さんたちの後を追って部屋に向かうと。

兄さんたちの部屋の前で、2人が待っていて。

「じゃあ、ここで。――おやすみ、皆。明日の朝食には遅れない様にね？」

「おやすみなさい。また明日、ね♪」

特に俺たちを心配している様子も無く、楽しそうに言って、部屋に入って行く2人。

そうして廊下に残された俺たち4人だが……ここで突っ立っているわけにもいかず。

「……じゃあ、俺たちも――って、どうした大河？」

大河だけが更に一段階、挙動不審度が上がって――とても気まずいモノを見た、みたいな表情をしていて。

「……いえ。先ほどの伊槻さんと透花さんの姿を見て、つい――」

「『つい』、どうしたんだ？」

訊き返しながら、先ほどの2人が部屋に入って行く光景と、今の大河の態度を考え。

……『しまった！』と、気付いた時には、もう遅く――

「――つい、知人が特殊宿泊施設に入った所を目撃した気分に……」

「――くッ⁉」「――……ッ⁉」

それを聞いてしまった美月は――壁に駆け寄って顔を隠し。雪菜は蹲って頭を抱え。

俺も2人の様にしたかったが――なんとか耐えて、顔を押さえるに止めた。

「お、おや……？　皆さん、何故そこまでの反応を……？」

ただ1人、言った本人だけが自分の発言の意味を理解していない様子。

「……大河くんや？」

「な、なんでしょうか……？」

――1人だけ無事というのも気に食わないんで、教えてあげる事にした。

「――『ブーメラン』という言葉は、理解しているかな？」

「は、はい？　それはもちろん――………ッ⁉」

――無事にご理解いただけた様で、何よりです。

早い話が……『俺たちが部屋に入る光景も、傍目からはそう見える』という事で。

「俺たちも部屋に入るぞっ！」

「う、うんっ！」

「あっ、ちょっ――」

……『それ』を言われてしまった上で、大河と雪菜が部屋に入る所を見てしまうと――

余計に状況を意識してしまうと判断。

だから、とっとと美月と一緒に部屋に飛び込みました。

残された2人がどうなったかは――明日、訊こうと思いマス。


と、そんなわけで。半ば勢いで部屋に入ったわけだが……。


「「…………」」

……変わらず、妙な緊張感が続いており。


ちなみにこの部屋、洋室スペースにベッド2台が据え置き。

そしてこの部屋に泊まる人数が3人以上の場合、夕飯を食べに行っている間に、和室スペースに布団を敷いてもらえる。

それ以外にも――泊まるのが2人以内の場合も頼めば敷いてもらえたりする。

俺たちはどうしたかと言うと――美月は普段ベッドより布団を好むため、風呂に向かう時に、敷いておいてほしいと頼んでおいた。

　そんなわけで——目の前には、綺麗に２つ並んだ布団。

　バリバリに意識＆動揺しながら部屋に入った俺たちに、その存在感をイヤというほど叩きつけてくれている。


「——と、とりあえず座ろうか。今お茶淹れるよ」

「あ、うん。ありがと」

　和室スペースの片隅に寄せられている、座卓と座布団。そこに座る様に勧めると、そう言って微笑む美月だが……やはり、まだ表情が硬い。

　お茶の用意をしながら、どうしようかと考えつつ、言葉少なな時間が過ぎ。

「——はいよ、お茶」

「ん、ありがと」

　お茶を注いで、美月に渡し。そして自分の分を、一口。

「……悪くはないけど、やっぱり美月が淹れた方が美味いな」

「え？　——あはは、ありがと悠也♪　でも、これはこれで美味しいよ？」

「そうか?」

「うんっ♪」

そう笑顔で返してくれた美月に、少し照れ臭くなり――再び、お茶に口をつける。

……やっぱり、美月のお茶の方が美味いと思う。

そんな事を考えながらも、お互い少しは落ち着いた事を確認して。

「なぁ美月。……怖い?」

「え? ――ううん。怖くはないよ。……うん、怖くない。悠也の事もだけど、この先の事も。……多分、ちょっと雰囲気に呑まれちゃってるだけ、だと思う」

「あー、うん。それはよくわかる」

俺自身も、大体そんな感じ。

これからの話が不安なわけでも……妙な事を期待して気負っているわけでもない。

場所の雰囲気と……今日が特別な日だという事、そして2人きりだという事実が、妙に浮ついた気分と、変な警戒心を与えてきている様で。

……じゃあ、どうしようか。そんな事を考えていると――先に美月が動いて。

「――悠也、ちょっとお願いしていいかな?」

「……何を?」

訊き返すと——少し恥ずかしそうな仕草で躊躇った後。

「この前の……後ろから抱きしめるやつ、やってくれない？」

「っ⁉　い、いいけど……」

そういえば、落ち着くとか言っていたっけ……などと思い出したが。

——美月の方はともかく、俺の方は悪化するんじゃないだろうか……？

そんな事を思ったが、断る気にはならず。

美月の後ろに回り、足の間に座らせる形にして……手の置き場に悩んだが、美月の腹部の前で重ねる形に。

「——あははっ」

「？　どうした？」

不意に、美月が小さく笑って。理由を訊くと——俺の手を取って。

「悠也、少し震えてるよ？　……不安？」

「——やかましい」

不安……なのだろうか？　単に、慣れない状況だからだと思うが……。

でも、それこそを『不安』と言ってしまえば、その通りかもしれない。

そう思い至り、メンタルの弱さに軽く凹んでいると——頭に、優しい温もりが。

「──大丈夫だよ、悠也。何を言っても、何をしても……私は逃げないから。──ね？」

優しい微笑(ほほえ)みと共に言いながら、俺の頭を撫(な)でる美月。

「………やかましいです」

子供の様な扱いをされるのも気恥ずかしいが……それ以上に、それで落ち着いてしまった事が、なおさらに気恥ずかしい。

「……あははっ、もう大丈夫そうだねー。私も大丈夫だから──お話、始めよっか」

「ああ、そうだな──……悪い、ちょっと待った」

「うん？　どうしたの？」

話を始めようとする美月にストップを掛け、一度離(はな)れる。

「いや、時間がいい感じだから──荷物、用意しとこうと思って」

「あ、そっか。私も用意するー」

毎年、日付が変わったらプレゼントを交換するのが恒例行事。

時間的に……少し話をしたら、ちょうど良い時間になりそうだった。

だから、プレゼントが入っている鞄(かばん)を近くに用意。美月も同様に鞄を持ってきて──どこに座ろうか考えている様子で。

だから先に座って、自分の足の間を叩きながら。

「――座るんだろ？」

「っ！　うんっ♪」

先ほどと同じ体勢を取ると、嬉しそうな笑みを向けてきた。

お互い、最初のぎこちなさは無くなっている事を確認して……話を始める事に。

「……さて。どっちの話からする？」

「じゃあ、私からでいい？　こういうのって、先に話しちゃった方が楽っぽいし」

「……オイ」

「あははっ！　早い者勝ちって事で♪」

後ろの俺に体重を掛け、楽しそうに笑う美月。

「――んじゃ、美月からで。その……美月が『望んでいるか』って話、だよな？」

「うん。――あのね？　……お風呂であの後、この話もしたんだよ」

「……そ、そうなのか」

「う、うん……それでね？　透花さんに言われた事があるんだけど――」

「ふむ。何て？」

訊くと、苦笑いしながら答え――

「えっと――『経験豊富な子ならともかく、未経験の子に「明確に最後まで望んでいるか」を訊くのは、相当に酷じゃないか』って……」


「あ、あー……そういうもの、なのか？」

言われて考えてみれば――そういうものなのかも、とは思う。

男の場合は基本的に、未経験者ほど欲求が熱烈な場合が多い。

さすがに、それと一緒にしたとは言わないが――少し考えが足りなかったのだろう。

「他の子はわからないけど……少なくとも、私と雪菜は透花さんに同意したかな。それで言われたんだけど――私たちは夫婦みたいに何でも話せるけど、経験自体は少ないから、そこら辺のチグハグさが悪さしてるんじゃないか、って……」

「……言われてみると、心当たりがいろいろと……」


いろいろと話し合えるから、不安要素や問題点を見つけられ、話し合える。

だけど経験が少ないから――それを解決できるとは限らない。

解決できない事を悩むなら、いっそ難しく考えない方が良い、という場合も……？

「でね？　それもあって……難しく考えるの止めようかなって」

「……あれ？　回答、続けるのか？『答えが出るわけないよね⁉』で終わりも、有り得るかと思ったんだが――」

「だって透花さんたちと話をしたの、さっきだよ？　もう自分の答えは用意してたからねー。それの後押しになってくれたから、話しただけだよ」

そう言われ――美月の答えが、余計に予想できなくなった。

「でも、難しく考えるの止めるって言ったよな？」

「うん♪　これでいいのかなー、とか考えてたんだけどね？　わからないモノはわからないし、だったら素直に言っちゃうしかないなって」

そう言って美月は、完全に身体の力を抜いて、俺に身を委ね。

目蓋も閉じたまま――静かに話し出した。

「――最初と、ほとんど同じなんだよ。経験が無いから具体的にはわからないけど――悠也に触るのも、触られるのも好き。それに……悠也に求められるなら、嬉しいって思う。だから……悠也が望む事に応えたい。――これが私の答えで、願望だよ」

それは確かに、最初に俺が訊いた時と、ほとんど同じ内容。

だけど……『悠也の望みに応えたい』、これが願望という事は――

「――俺次第、って事か？」

「うん。――だって、わからないんだもん。その……そういう事自体もだけど、自分が何処まで望んでいるのかも。だから――悠也を基準に考えてみましたっ」

自身の基準ではわからないから、俺を基準に考えて――『俺に応える事』が望み。

なるほど、と思うと同時に……少し『あれ？』と、何かが引っ掛かり――

「……なぁ美月？　俺が美月に『望んでいるか』って訊いたわけだけど……それって要するに『美月の望みに応えたい』って事、だよな？」

「……言われてみれば、そうなる――のかな？」

つまり――『美月の事を優先したい』という理由の下、判断を美月に任せていた？

それは……俺が受け身であったとも言えて。

その上で、美月の望みが『俺に応える事』となると――

「この件に関しては――難しく考えた結果、一周回って……結局は『俺がストレートに美月を誘う』っていうのが最短で最善ルートだった、って事か……？」

「あ、あははは……で、でもほら！　──悠也が私の事を、あそこまで考えてくれていたっていうの、知れて嬉しかったよ？　だから、無駄な遠回りじゃなかったよ」

軽く凹んだ俺に、そう言ってくれた美月。

単に慰めているだけかとも思ったが……どうやら、本心で言ってくれている様で。

「……俺も、美月の望みが知れて、嬉しい」

「──うん。だから私たちにとっては無駄じゃなかったよ、絶対に。というわけで、えっと……どうなの？」

励ます様に言っていた美月が──後半、躊躇いがちに訊いてきた。

「？　──『どうなの』って、何が？」

本気で意図がわからなかったために訊くと──腕の中の美月は言葉を詰まらせた後、開き直った様に、振り返って俺を見て。

「──悠也って結局……その、私と──そういう事、したいの？」

「……はい？」

真っ赤な顔で見上げて訊いてきた美月に——思わず間抜けな声を返してしまい。

『……凄い事を訊くな』と少し思ったが……考えてみれば、俺は美月に同じ事を訊いていたわけで……今さらながら、いろいろと猛省が必要だと理解した。

で。その美月の方は——真っ赤な顔のまま、抗議の表情で。

「だ、だって！　何度も『我慢してる』とかは言ってたけど……悠也はそういう事を、無責任にできるタイプじゃないし。責任とかを考えて——『欲求はあっても、したくはない』っていう可能性も、無くはないでしょ⁉」

早口で、そんな事を捲し立ててきて。

その表情は半ばヤケになっているのは確かだが——どうやら本当に、そういう心配もしている様子で。

だから俺は、そんな美月に——

「——何言ってんの？」

思いっきり呆れた顔で言ってみた。

「ヒドっ⁉　ちょっと本気で不安だったんだよ⁉」

本当にショックを受け、怒っている表情の美月。

だけど、それでも俺の腕の中からは、出ようとはしていなくて。

「——美月」

「な、なんでしょう……？」

少し強めに抱きしめながら呼ぶと——少し怯んだ様子で、俺を見てきて。

俺は少しだけ、何て言うかを悩んだ後……もう余計な心配をさせない様に、誤解のしようも無い程にぶっちゃける事に決め——

「——何度、後先考えずに一線越えられたらと思ったことかっ」

「え、えっと……？」

「はっきり言って美月以外となんて考えられないし後先を考えずに襲いたくなった事は数限りなく——っていうかいっそ子供作っちゃった方がいろいろ盤石になっていいんじゃ——なんて考えた事は2ケタ余裕で下手すりゃ3ケタただでさえ美月の容姿は俺のストライクど真ん中なのに最近はベタ惚れ気味なせいで気を抜けば暴走寸前なんだぞ健全極まりない男子高校生の妄想力を甘く見るなよコノヤロウがッ!?」

「なんか逆ギレ⁉　しかも何気にスゴイ事言ってる！」

……溜め込んでいた本心を少し口にしたら、思った以上に口から滑り出てきた。

「――とにかく。何度も夢見るくらいには……そういう事をしたいと思ってる」

「ゆ、夢見るって……寝て見る方？　起きて見る方？」

「……どっちもデス」

リアルな夢（寝て見る方）を見た後は……なかなかにキツかった。

起きた時に『アレは夢だったのか』というガッカリ感を味わい、その後に当人と会って

エラい気まずい思いをするという――

「悠也くん」

「……はい、なんでしょうか？」

かつての事を思い出してると――妙に冷めた声で呼ばれ、思わず敬語で返事。

そして美月は、そのままの口調で。

「――さすがの私もドン引きです」

「ですよねぇ！」

勢い任せで口にしたが……冷静になると、自分でもドン引きするレベル。

さすがの美月も、ドン引きしても無理は無い――

「でも――」

「……ん？」

少し小さな声で、話を続けた美月。

少し俯き気味になっているため、表情は見えないが――耳が、少し赤い気も……？

そんな、頭に『？』を付けている俺の耳に、小声で言葉が聞こえてきて。

「――あんな話で少し嬉しいって思っちゃった、自分にもドン引きだよ……」

届いたそんな言葉に、さすがに己の耳を疑い。

「……美月？」

顔を覗き込むと、その顔は予想以上に赤く――

「あー、もうっ！　とにかく私の話は終わってるよ!?　今度は悠也の番!!」

真っ赤になった美月さん、大爆発。

もちろん照れ隠しなのはわかるが――赤い顔のまま睨んで来て。

そんな姿を可愛いと……愛しいと思い。

美月の腹部に回していた手を肩周り――胸元あたりを抱く形にして、密着度を上げ。

「――了解。じゃあ……俺のこれからの覚悟を、言えばいいんだな？」

「う、うん。でも、無理に言わなくてもいいよ？　あの時は勢いっていうか、ノリで否定しちゃったけど……アレはアレで、嬉しかったし」

強く抱きしめられたせいか、少し恥ずかしそうに言ってきた。

俺は、片手で頭を撫でながら。

優しい声になる様に心がけながら、それでもハッキリと告げる事にした。

「俺のこれからの覚悟は――『一生、死ぬまで何度も、美月を惚れ直させ続ける事』で」


「――へ？　……何それ!?」

意味を飲み込むまで、少々時間が掛かった様子の美月さん。

理解した途端、半ばツッコミの様なお問い合わせ。

「だって、俺の人生に美月が居るのは大前提だろ？　だからその上で、より良い人生を送るためにはって考えて――思いついたのがコレ」

「わ、私優先って事？　社会に出たり、子供ができたりしても？」

驚きに、少しだけ抗議が混ざった様子の声。だけど、それは誤解。

「え？　仕事や他の家族を疎かにする俺を、美月は惚れ直すのか？」

「――へ？　ううん、そんなわけ無い……そういう意味!?」

どうやら、しっかり理解したらしい。


つまり『美月を優先』ではなく。美月を人生の基準にして。その上で全力を尽くす。

……だけど。全力を尽くす余り、余裕を無くした俺が、美月に惚れ直してもらえるとは思えない。だから――

「さっき話したみたいに『難しく考えない』って事で言うなら……『美月と一緒に人生楽しむ』って感じになるのかな？」

……ちなみに。美月が俺以上に真っ赤になってくれているから、落ち着いているだけで。めちゃくちゃ恥ずかしい事を言っている自覚は、当然あります。

もし後日、兄さんたちに話す事になったら、腹を抱えて笑われるだろうとも思う。

だけど……コレが最も相応しいと思ったから、もう開き直る事に決めた。

「と、そんな感じなんだが……お嬢様、評価の方は如何でしょう？」

そう訊くと、ふくれっ面で——だけど頬は赤く、目を潤ませていて。

「——悠也。相変わらず……っていうか、雪菜より重い」

「……手厳しいな？」

極めて不服といった口調だが……美月を抱く俺の腕に、自分の腕を重ねてきた。

「——さすがの私も、ドン引き」

そんな言葉とは裏腹に……頬の赤みも、目の潤みも、増している様に見えて。

だから……さっきの言葉を思い出した。

「——『自分にもドン引きだよ』？」

「〜〜〜ッ!?　ゆ、悠也さすがに調子に乗り過ぎ！」

ちょっと攻め過ぎたらしく、恥ずかしさが限界値にきたのか。さすがに今度は、俺の腕から離れようとし始めた。

——だけど、そう強い抵抗ではなかったため、強めに抱きしめて離さないでいると。少しもがいた後、諦めた様に力を抜いて——再び、俺に身を委ねてきた。

「……今日は悠也、なんだかドSだね？」

「──難しい事を考えるの止めて、欲望に忠実に可愛がってみました。……惚れ直してもらえたか？」

「……知らないっ」

そう言った美月が顔を背けてる間に──少し時計を確認。

日付は──もう変わっていた。

「じゃ、今度こそ惚れ直してもらうためにも……メインイベントと行こうか。時間もちょうど良い感じだし」

「え？　──あ、本当だ。じゃあ……ごめん悠也、いったん離して？」

「……あいよ」

美月の希望で取った体勢だったが……いざ離すとなると、とても名残惜しい。

そんな事を考えていると……いつの間にか美月がこちらを見て、ニヤニヤと──

「そんなに名残惜しいの？　私の身体♪」

「言い方ッ⁉」

思わず全力で抗議をすると、楽しそうに笑って。

「うん。仕返しできて、ちょっとだけスッキリしたよっ♪　じゃ、始めよっか？」

「……あいよ」

優勢に攻めていたと思ったのが、一気に主導権を取られた気分になった。

それが少し不服ではあるが――気を取り直し、鞄から包装された小箱を取り出す。

そうして改めて美月に向き直ると、美月の手にも同じくらいの小箱があって。

「――誕生日おめでとう、悠也♪　これからもよろしく、ね？」

「こちらこそ。――誕生日おめでとう、美月」

言い合って笑みを交わし、小箱――プレゼントを贈り合う俺たち。

「――さてっと、今年の悠也からのは何かな～っと♪」

「あー、うん。ちょっと今年は奮発したかな」

「そうなんだ？　――実は、私もちょっと頑張っちゃったんだよねぇ」

そんな話をしながら、貰ったプレゼントの包装紙を剥がしにかかる俺たち。

――しかし、本当に似た感じの箱だよなー……などと考えていたら。

「「……え？」」

——ほぼ同じタイミングで、同じ様な声を上げた俺たち。

そして相手が声を上げた理由は、訊くまでもなく。

「……美月」「……悠也」

同じタイミングで声を掛け合い、包装紙から出てきた箱を見せると——両方の箱に、同じメーカーのマークが付いていた。

「「…………」」

お互い、無言で箱を開け、中の商品を取り出すと——

「やっぱり、か」

「——あ、あはは……」

俺の手には——男物の腕時計。

美月の手には——俺が買った、女物の腕時計。

それらは大きさやベルト等は異なるが、同じメーカーにしてもよく似た意匠で。それこそ、ペアウォッチと言っても違和感が無い。

「……美月。これ選んだの、誰だ？」

「……雪菜と透花さんが、一緒に選んでくれた。大河くんと兄さんにも意見を聞いてみるって言ってた。——悠也は？」

「──大河と兄さんと一緒に。……じゃあ、腕時計にするって決めたのは？」

「それは私。……そっちは？」

「同じく、それは俺。──事情がわかってきたな」

「──ね？」

……つまり。俺たちが両方とも腕時計を贈ろうとしている事を知った4人。

それならばと──俺たちを誘導し、似た腕時計を買わせた、という事か。

「……ねえ悠也。兄さん辺りから『プレゼント贈った時の反応、後で教えて』みたいな事を言われなかった？」

「……言われた。──美月も？」

「うん。透花さんから。──あははっ、やられたねぇ」

「──だな。……感謝はするけど」

4人がかりで仕組まれた、細やかなサプライズ。

……両隣の部屋では今頃──気心の知れた面々がほくそ笑んでいる事だろう。

「……ペアにしようとしたのをガッツリ止められた時点で、怪しむべきだったか」

「あ、悠也も？　私の方もだよ……」

美月もペアウォッチにしようと思っていたのか——と考えた所で、もう1つ『同じ事』があるのかもしれないと思い至った。

だけど——その確認は後回し。

実は——もう1つ、渡す物があって。そのために、都合が良さそうだから。

「——美月。……こっちに来ないか？」

「え？　——うん♪」

先ほどまでと同じく、足の間に座るように促すと——笑みを浮かべてやって来て、甘える様に、俺に寄りかかる美月。

そして、俺は後ろから手を出して——

「その腕時計、着けようか？」

「え？　うんっ、お願い。代わりに、悠也のは私が着けるよ♪」

「——じゃあ、頼む」

そう言ってお互い、自分が贈った腕時計を、相手の左手首に着ける。

……ただ、俺は着けてもらっている間に、少し準備をしながら。

やがて――俺たちの左手首には、よく似た腕時計が着けられ。

その手を重ねて指をつついたり、指を絡めたりと、少しじゃれ合って。

「……なぁ、美月？　美月がペアウォッチにしようって思った理由、聞いていいか？」

「んー？　うん、いいけど――多分、悠也と同じだよね？」

「ああ、やっぱりそうなのか。……じゃ、同時に言うか？」

「あはは。うん、いいよー。じゃ、カウントダウン。３・２・１――」

――ゼロのタイミングで、俺も腕時計に込めた想いを、口に。


「「――同じ時を過ごしたい」」


言葉もタイミングも、綺麗に重なって。

向けられた嬉しそうな笑顔に、俺も笑みで……返すだけではなく。

「――そんなわけで。実は贈り物、もう１個あるんだ」

「……へ？　何？」

予想外だった様で『きょとん』とした顔をする美月。

そんな顔をしている内に。美月と重ね合わせていた左手に、右手も重ね——

「——え？　これ……っ⁉」

重ねた右手を離すと——美月の左手の薬指に、銀の輝(かがや)きが増えていた。

……サイズも兄さんたちに聞いていた通りで、上手(うま)く嵌(は)められた。

ソレに気付いた美月は、少し呆然(ぼうぜん)とした顔をしていて。

俺は、自分の指にも美月に着けた物とよく似た指輪を嵌めながら——

「——『同じ時を過ごしたい』だろ？　だから、贈りたいって思ったんだ。……今まで、指輪は贈った事が無かったし」

「悠也ぁ……」

俺を見る美月の瞳(ひとみ)が、涙(なみだ)で揺(ゆ)れ。

その整った綺麗な顔も——溢(あふ)れ出そうな涙と感情で歪(ゆが)みかけ。

「で、でもその——いわゆる『給料3ヶ月分』っていうヤツじゃないからな⁉　コレはただの、ペアのファッションリング！　……さすがに本物はまだ早いと思ったし——学校に着けて行くわけにはいかないし」

……美月の反応が想定以上だったため、慌てて解説。

だけど――俺を見る美月は、今にも流れそうな涙もそのままに、嬉しそうな笑顔で。

だから俺も……心を決めて。

「――誕生日おめでとう、美月。これからも一緒に……同じ時間を、過ごしてください」

「っ、うんっ、ありがとう悠也♪　改めて――誕生日おめでとう。……これからも一緒に、過ごさせてくださいっ」

ついに、大粒の涙を流して――抱きついてきた美月を抱き留め。

「……結婚できる様になったら本物を買うから――その時は、一緒に選ぼうか」

「うんっ！　楽しみにしてるよ……っ♪」

嬉しそう――幸せそうな笑みで言う美月が流す涙を、指で拭って。

笑みを深めた美月が……目蓋を閉じた。

そのまま、俺たちは吸い寄せられる様に近付き――キスを交わした。

◇　◇

あれから——俺たちは特に会話も無く、寄り添って時間を過ごした後、そろそろ寝ようという話になって。

それで……最初は普通にそれぞれ布団で寝ようと考えていたのだが、美月が『せっかくだから、一緒に寝ない？』と言いだし。

……『今夜は』何もしないと決めていた俺は、だいぶ躊躇したが——気付いたら、一緒の布団に入っておりました。

「うー……、く～や～し～い～っ」

隣で横になり、手を繋いで。少し赤い顔で嬉しそうに微笑んでいた美月が。

不意に思い出した様に不満げな顔になり、そんな事を言い出した。

「——どうした美月？」

悔しそうな顔で『悔しい』と口にしているのに、繋いだ手も離そうとせず——むしろ俺の腕にグリグリと頭を押し付けてくる美月。その理由を訊くと——

「……早々に、悠也に泣かされた」

「はい？　……ああ、花火の時の話か」

花火を見上げながら、俺の最初の『覚悟』を語った後。

美月が『泣かされてもいい』『そもそも【嬉し泣き】の方なら、元から大歓迎なんですが？』と、挑発するように言ってきて。

それに対して俺は……『近い内に、絶対に泣かす』と宣言していた。

俺がその時の事を考えていると――少し拗ねた様な顔で、左手を顔の前まで上げてきて。薬指に嵌めたままの指輪を見ながら。

「……これ、いつ買ったの？」

「ん？　ほら、美月が去年の水着を着てた日、あっただろ。夜に俺が天ぷら作った日。あの日に――大河だけじゃなく兄さんとも合流して、腕時計と一緒に」

「あー……じゃあ、悠也があの時あんなに動揺してたの、そのせいだったんだ？」

あの時の事を思い出すと――確かに動揺していた。

用意していると予想されているであろう誕生日プレゼントはともかく、指輪の方は、まだバレたくなかったから。

だが、それを考えると――俺と同じような動揺の仕方をしていた美月は……？

「そういう美月も、あの時かなり動揺してたけど、あれは？」

「あ、あはは……実はあの日、雪菜と透花さんと一緒にプレゼントを決める事になっていたんだよ。——企みまでは知らなかったけど、私は兄さんと大河くんの協力もあるって知ってたから……なんか騙してるみたいでちょっと——ね？」

苦笑いしながら美月が言って、それで色々と腑に落ちた。

美月の動揺の理由もだが……あの日。おそらく俺が買った物を、兄さんか大河が女性陣に報告したのだろう。

それを確認しながら……しれっと美月に『提案』して誘導したのは、雪菜の策略か透花さんの手腕か。——どっちにしろ、俺も美月も上手く動かされたわけで。

改めて、友人たちのタチの悪さと……有難さを実感し、２人で苦笑いを交わした。

「——そういえば、悠也。花火の時の『近い内に、絶対に泣かす』って、コレで泣かせられるだろうから言ったの？」

「んー……『もしかしたら』とは思っていた、かな？　勝算ってほどじゃないけど」

確かにあの時、指輪があったから『近い内に』が自然と付いたけど。

別に『これで絶対に泣かす！』とか思っていたわけではなく。

「え？　じゃあ、これで泣かなかったら、いつ泣かすつもりだったの？」

「だって、機会はいくらでもありそうだし。少なくとも——」

美月は涙脆い方ではないが、かといって強い方でも決してない。

だからチャンスはいくらでもあるし……確実に泣くだろうと思える状況もあって。

だから俺は——美月の左手に、俺の左手も重ね。

「——少なくとも、結婚式では泣くだろ、美月？」

「っ、……ううぅ〜〜〜っ！」

再び赤くなり——泣きそうになったところで、俺にしがみついて顔を隠す美月。

浴衣1枚の美月に抱き付かれ、普段なら理性にイエローランプが点滅する所だが……。

今は『乙女モード』とでもいう様な状態の美月に、庇護欲を刺激され。

とても落ち着いた状態で——ただ愛しく想い、頭を撫でながら。

「——惚れ直した？」

「〜〜〜〜っ、知らないっ！」

少し怒った様に言って。だけど——変わらず、離れようとは全くせずに。

なんとなく、『やっぱり猫みたいだ』なんて思いながら、しばらく頭を撫でていると――次第に、俺にしがみついていた美月の力が、段々と抜けてきて。

「……ゆうや」

「ん？　どうした？」

俺を呼ぶ声は……眠そうで、少し幼い印象を与える声で。

苦笑いをしながら――寝かしつける様に、頭を撫で続けていると。

「……ありがと。――大好き」

とろける様な声で。それでも――はっきりと届いた、声と想い。

……思わず強く抱きしめたくなった衝動を、必死に抑え。

「――俺も、好きだよ。……おやすみ、美月」

そう返すと――幸せそうな笑みを見せて。やがて……静かな寝息をたて始めた。

――一緒に暮らす様になれば、こんな寝顔を見ながら寝れるのか……。

幸せそうな寝顔を見ながら……俺自身も、幸せな気分に浸り、そんな事を考え。

今の『半同棲』ではなく——帰宅したら美月に出迎えられ、そして、一緒に眠る。

そんな生活が、早くくれば良いと、夢見ながら。

俺も、やがて眠りに落ちた——

終章 ››› その香りが消える前に

——そろそろ、動き出しても良い時間か。


旅館での朝。布団の中から時計を確認して。今から動き出して準備をすれば、朝食の時間にちょうど良いか少し早いか、くらいの時間になりそうだ。

そんなわけで俺は動き出す——前に、美月を起こさないと……。

そう思い、自分が入っている布団を捲ると。

そこには——俺の腕をガッチリと抱え込み、心地よさそうな寝息を立てる美月が。

……実は昨夜、あれから俺は、ほとんど眠れていない。

夜中。不意に目が覚めた俺は……腕が動かない事に気付いて。

もうお察しだろうが——眠った美月が、俺の腕に抱きついてきていた。

……少しとはいえ眠ったせいか、俺の『庇護欲モード』は解除されていて。


そんな状態で――考えてもみてほしい。

恋人で婚約者で……話の流れ的に、近い内に一線を越える――そんな仲の少女。

客観的に見ても綺麗な彼女が、薄い浴衣1枚で、俺の腕を抱きしめている。

そんな状況で、健康的な男子高校生が眠れるものだろうか。


――お察しのとおり、ギンギンである（注：目の事です）。


そんなわけで。最初に少しウトウトした以降は、全く寝る事ができなかった。

そして今――寝不足の原因になった少女を眺め、頭を撫でてみると――

「うにゅぅ……」

「――可愛いなチクショウ……」

くすぐったかったのか、美月が猫の様な声を漏らし、身を捩らせた。

思わず悪態をつきたくなる程の可愛らしさと――腕に押しつけられる柔らかさ。

……そろそろ起こさないとマズイ（時間的な意味で。他意は無い）。

「――美月、朝だぞ。……美月？」

「にゅぅ……？　うにゅぅ……」

呼び掛けながら肩を揺らしたところ――覚醒に抵抗する様に、再び猫の様な声を上げながら……より強く、俺の腕に身を押しつけてきた。


起こさないとマズイ（時間的な意味で。他意は無い）。


「――美月。起きろ、美月っ」

先ほどより少し大きい声と、強めの力で。……ちょっとした危機感も込めて。

「――んぅ……ゆうやぁ……？」

ようやく人らしい反応と共に、腕に掛けられていた力が弱まり。

そうなると、精神的な余裕も出てきて。

寝起きの仕草の可愛らしさと……美月の髪が肌に触れるくすぐったさで、自然と笑みになってしまい。

「――ああ。おはよう、美月。……よく眠れたか？」

言いながら――目に掛かっている前髪を除けてあげ、そのまま頭を撫でてみる。

「――ゆう、や……？　………あぅ」

目を覚ました――はずの美月だが。

一度、何に驚いたのかと思うほど目を見開いたのに……すぐに再び眠そうな――または、何かに酔ってでもいる様な、とろんとした目になった。

「……具合が悪いのか？　顔が赤いし……妙に熱っぽそうに見える――」

「っ！　――う、ううんっ!!　な、なんでもないよ!?」

額に触ろうとしたら即座に反応し、伸ばしかけた手を避ける仕草を。

「……そうか？　――無理はするなよ？」

「う、うん……ありがと」

なんでもないと言いつつも……頬は赤いし、目も潤んでいる様に見え――

――あれ？　なんか以前、こんな感じの事が無かったっけ……？

フと、そんな事が浮かんだが――俺も寝不足のため、あまり頭が回っておらず。

少しぼーっと考えながら、布団から出ようとすると。

「――あっ。え、えっと……ゆうや」

「ん？　……どうした、美月？」

少し幼い印象を与える口調で、呼び掛けてきた。それに応えると――

不意打ちで――軽く触れるだけのキスをしてきた。

完全に予想外で、呆然としている俺に――美月は凄く恥ずかしそうな……それでいて幸せそうな笑みを向けて。

「――え……？」

「――おはよう、ゆうやぁ……♪」

その笑みと行動で――昨夜と、以前に俺が天ぷらを作った日と同様に、ちょっと『乙女スイッチ』が入っている事を理解した。

そんな幸せな朝だったが……この後、羞恥心が戻ってきた美月が悶絶。

布団に包まり、なかなか出て来なくなる、という事態が発生するのだった――

◆　◆

「――大丈夫か？」

「あんまり大丈夫じゃないよ……」

羞恥で籠城きめこんだ美月を、なんとか引っ張り出し。

今は予定より少し遅れで、部屋から出て朝食に向かうところ。

「あー……でも、俺は良い思いさせてもらったし――可愛かったぞ？」

「――あぅ。で、でも恥ずかしいんだよぅ！　悠也が、私の変なスイッチ入れるのが悪いんだから――わっ、と」

館内用のスリッパを履いて立ち上がろうとした美月が、不意によろけ。そばに居た俺が咄嗟に支えて事無きを得た。

「おっと……大丈夫か？」

「こっちも、ちょっと大丈夫じゃないかも。歩き難い……」

昨日の海で変な風に筋を痛めたらしく、一晩経ってから痛みが出てきたらしい。

実は遅れた理由は、そのマッサージを少ししていたのもある。

「後で、また揉んでやるから」

「うん、お願い。しばらくすれば慣れるかな……」

そんな会話をしながら、歩きづらい美月を支えるために手を差し出すと、嬉しそうに俺の腕を抱いて。

……まだスイッチの影響が残っている様で、軽く苦笑いをしながら入口を開け——

「「「…………」」」

「——って、うわぁっ!?　……何やってんの？」

部屋を出てすぐの所に——兄さんと透花さん、大河と雪菜が勢ぞろい。

しかも全員、なぜか顔が赤く……黙ったまま、何と言えば良いのかを迷っている様に、口をパクパクとさせていた。

「え、えっと——皆、どうしたの……？」

美月が俺の腕にしがみついたまま言うと……さらに視線をさまよわせ始め。

やがて大河と雪菜が、意を決した様に進み出てきて。

「……すみません。遅かったので迎えに来たのですが——会話を聞いてしまい……」

「——え？　会話……？」

極めて気まずそうに言ってきたが——聞かれてまずい会話なんて、あったか？

大河に続いて雪菜は、俺と美月を交互に見てから。

「そ、それに——2人の様子を見れば、一目瞭然（いちもくりょうぜん）だし……良かったね、美月ちゃん？」

「え？　え？　何の事……？」

……何か、極めて重大な勘違（かんちが）いが発生している事は、わかった。

まず。自分たちの状況を、客観的に見てみよう。

俺は寝不足で、少し疲（つか）れ気味（ぎみ）。美月は睡眠（すいみん）時間は十分なので元気だが、筋を痛めており、少し歩きづらい状態。

そして俺の腕を抱え……俺ですら見るのはまだ3回目の『乙女スイッチ』とでも言うべき影響が、まだ残っている状態。

……この時点で、かなりイヤな予感がしてきた。

だけど続けて——玄関口（げんかんぐち）での会話を思い返す。

その上で、状況等の予備知識を外して考え、それを客観的に判断すると。

「「……うわぁ」」

……状況を理解し、頭を抱えたくなった。

しかし、そんな俺たちの前では——誤解をしたままの面々が、悟りを開いた様な眼差しで俺たちを見て——

「「「２人とも——『ご卒業』おめでとうございます」」」

「「違うわッ!!」」

——俺たちが祝われるのは『卒業式』ではなく『誕生日』です。

その後、なんとか誤解は解け。

……だけど今度は、多種多様な誘導尋問も含めた事情聴取を受け。

それを元に散々からかわれた後——

心から『おめでとう』と言われた。

……全員、揃ってイイ性格しているのに。こういう所があるから——『兄』や『姉』、そして親友という認識を、改める気になれない。

──本当に、タチの悪い身内だと思う。

◆　◆

あれから──俺と美月、大河と雪菜は、最後に海に突撃。
兄さんと透花さんも、今日は海の家まで来て。
時々こちらを眺めながら、２人で静かに過ごしていた。
そして、昼過ぎには上がり──昼食の後、お土産等の買い物をしてから帰路に就き。
地元に着いてから、レストランで少し早めの夕食を取って。
そこで兄さんたちと別れて、俺たちはマンションに帰って来た。

「──ただいま～、っと♪」
マンションの俺の部屋の入り口を開けると──家主よりも先に入った美月は玄関に荷物を置き、とっとと奥に入って行き。

苦笑しながら、俺もそれに続――こうとしたが。

……少し思いついて、俺は自分の荷物を玄関に置き、美月の荷物を回収。

そのまま玄関から外に出て、隣の美月の部屋に、合い鍵で進入し。

リビングに荷物を置いて、エアコンを起動させて、自分の部屋に戻った（もちろん出る時は施錠）。

改めて自分の部屋に入ると、リビングでエアコン&扇風機の風を直で浴びて涼んでいた美月が、不思議そうな顔で。

「なんか外に出てたみたいだけど、何やってたの？」

「ああ。美月の荷物、持って行っておいた。ついでにエアコンも点けてきた」

「え？　わ♪　ありがと悠也！」

「あいよ。どういたしまして」

この前、美月の実家に行って、帰ってきた際。しばらく美月は俺の部屋に居たため、自分の部屋のエアコンは点けておらず、帰るのが億劫になっていた。

それの再発を防ぐのが目的の1つ。そして、もう1つ目的があって――

「あー、えっと、美月さんや？」

「うん？　どうしたの、悠也さんや？」

ソファに座りながら声を掛けると。隣に座ってきて――少し怪訝な顔をしつつも、おどけて返してきた美月に。


「――ただいま、美月」

「え？　……うん。おかえりなさい、悠也♪」

すぐに意図を察して、少し照れ臭そうに、応えてくれた。

……どちらかというと、美月の荷物とエアコンは口実で。

最近あまり機会が無かった『おかえりなさい』を聞きたかった、という主目的。

「で、感想はどうだった？」

「――うん、なんか良いな。意識しないと何でもないいんだけど……聞きたいと思っている時に聞けると、なんだか嬉しい」

「あははっ♪　うん、よくわかるよ」

先日、美月の『乙女スイッチ』が初めて入った際のきっかけが『おかえり』だった。

その気持ちが……なんとなく、わかった気がする。

「……正式に同棲するのは大学に入ってからの予定だけど——ダメ元で来年から頼んでみようか」

「いいね♪　私からも頼んでみる！　無事に同棲できた暁（あかつき）には、毎回新婚（しんこん）さんみたいに出迎えてあげよう！」

「……『ご飯、お風呂（ふろ）、私』のアレか？」

「そうそう♪　……あ、でも——」

不意に、美月の頬が赤くなって。躊躇（ためら）う様に、視線をあちこちに彷徨（さまよ）わせてから。

「……さすがに、裸（はだか）エプロンとかは無理だよ？」

「何いきなりブッ飛んでんの⁉」


反射的にツッコミ入れたが——少し想像しちゃったけど。

……『似合いそう』とか、思っちゃったけど。

「あ、あははは——ステレオタイプの新婚さんって考えたら、つい……」

「……いや、実際にそういう事をやってる新婚さんって、そう居ないと思うぞ？」

ああいうのはネタであって、リアルでそうそう有ったら、むしろ怖（こわ）い——

「――でも。実はこの前、実家でエプロンドレス見つけちゃったんだよ……」

……本当にあった怖い話。

伏見(ふしみ)家に居る女性は……透花さんと、美月の母親である月夜(つくよ)さんのみ。

「――い、いやいやいや!?　月夜さんも透花さんも、どっちも普通に料理できるんだし！　普通の使い方だろきっと!!」

「そ、そうだよね！　きっと、ただの実用目的だよね!?」

……『そっち用』でも、使っていれば『実用』？　なんて考えも浮かんだけど。

「は、話を戻すぞ!?　……同棲の件は、父さんたちと会う時に、面と向かって話そうと思うんだ。――それでいいよな？」

別に許可を貰(もら)わなくても……俺か美月どちらかが、黙って寝(ね)る場所を相手の部屋に移すだけで、実質的な同棲は成立してしまう。

それでも――やはりしっかりと筋を通して、堂々と暮らしたいと思うわけで。

「うん。それがいいと思う。という事は……やり直すって話の誕生日パーティで、かな？」

「ああ。多分そうなるだろうな」

俺たちを祝う機会が――というより、気の合う仲間が集まる機会が潰れてしまったため、その埋め合わせのパーティが企画されているらしい。

それは、今回の保護者陣が欠席する原因を作った、雪菜父である沢渡克之氏のポケットマネーが用いられるそうで。

……家族への名誉挽回が懸かっているため、相当に豪勢になりそう、との事。


「んー。でも、まだ日程が決まっていないっていうのがね……」

「ん？　美月、夏休み中に何か用事あるのか？」

「ううん。遊びに誘われてはいるけど、明確な日程とかは。だからこそ困るというか――あっ。……そういえば」

「ん？　どうした美月？」

何かに思い至ったらしい美月の顔が、みるみる内に赤くなった。

何があったのかと訊くと――


「……悠也。その……『アレ』、どうする？」

「へ？『アレ』って…………っ」

……今この時だけは、話す際の表情と『アレ』だけで通じてしまう関係が恨めしい。

そして――そういえば、いつ頃にしよう等は全く話していなかった。


美月が言った『アレ』とは――『いつ一線越えようか』、という話で。


「……こういう話になった以上、そう時間を置かない方が良いだろう、とは思う」

「う、うん。そうだよね。……引っ張った上でタイミング逃して、結局20歳になってお酒の勢いで――とかイヤだし」

「……妙に具体的だけど、誰の話だ？」

「っ⁉　――ひ、秘密っ！」

この反応を見るに……どうやら本当に、誰かの実話らしい。


美月とその手の事まで話せる関係で、20歳以上となると……かなり限られてくる。

その中で最有力候補と言えば――

「――……え、マジで？」

「だ、誰の事を言っているのかはわからないけど、ノーコメントでっ！　と、とにかく――そんな長く待たされるのは、イヤだからね？」

「――ああ。そんなに待たせる気は無いよ。こちらも欲求があるわけだし……ん？」

「え？　どうしたの？」

途中で言葉を止めて考え事を始めた俺を、怪訝な顔で見てくる。

そして俺自身も、何に違和感を覚えたのかがわからず、少し考え――

「………美月？　その……イタすの、20歳になるまで待つとかは、イヤだよな？」

「え？　――うん。そこまで待たされるのは、さすがにイヤ。えっと……それが？」

この反応を見る限り……本当に気付いていない様子。

むしろ、気付いていないからこそ『あの回答』になったのだろう。

「……美月は、自分が『そういう事』を望んでいるか、わからない。だから俺に委ねる、って事だったよな……？」

「えっと――うん、間違い無く。悠也が求めてくれるなら、応えたい……あれ？」

どうやら美月も、違和感に気付いた様子。

だから、俺は直球で訊いてみる。

「……なんで『わからない』『俺に委ねる』なのに――『待つのはイヤ』なんだ？」

「あ、あれ？　そうだよね？　待つのがイヤって事は――何かしらの欲求があるって事だよね？　……え？　っていう事は私……」

どうやら半ば混乱しているらしく、自問自答を繰り返している様で。

そうして少しの間、赤くなったり慌てたりを繰り返した美月は――

「だ、大丈夫か……？」

「う、うん――その……悠也」

自問自答の末に、真っ赤になってうずくまった美月に声を掛けると。

例の『スイッチ』が入った時の様に、潤んだ瞳で話しかけてきた。

「……私はやっぱり、具体的な事まではわからないけど。それでも悠也と――そういう事をしたいって、思ってるみたい」

潤み、揺れる瞳で――恥じらいながらも健気に語る姿は……。
儚げでありながら、ゾクっとする程の色気も感じさせ……ある程度の覚悟をしていなければ、本当に我を失っていたかもしれない。

「わ、わかった。じゃあ、可能な限り早く――遅くとも夏休み中、って事で……？」

「うん――あ、でもちょっと待って……明後日以降で、いい？」

「ああ、もちろん。何かあるのか？」

そう訊くと――赤い頬のまま、柔らかく微笑み。

「……そういう事の後に――モーニングコーヒーを一緒に飲むっていうの、憧れていたんだよ。……明後日、ちょっと良いコーヒー豆、買ってくるから――ね？」

綺麗な微笑みと、優しい声色。
……俺は、自身の覚悟で『美月を何度でも惚れ直させる』などと言ったのに。
美月の初めて見る表情に、改めて心を持って行かれているのを自覚しながら。

「――わかった。じゃあ……そのコーヒー豆の香りが消える前に、必ず誘う」


そう言うと――微笑み、小さく頷き。

だけど、その表情の中に、微かな不安・緊張の色が見えて。

だから俺は――その肩を抱き寄せて。

美月もされるがままに、俺の肩に頭をのせ……目蓋を閉じた。

「――ね、悠也？」

「どうした？」

そうして――数分が過ぎた頃、声を掛けられ。

肩に頭をのせたままの美月に、返事をすると。

「……行動自体はイケメンだけど、やっぱりちょっと、震えてるよ？」

「やかましいです」

……俺も経験が無いんだから、仕方ないと思います。

「あははっ！　でも平然としてるより、動揺してくれた方が嬉しいし——安心するよ？」

「……そんなもんか？」

「うんっ。そんなもんだよ、きっと♪」

そう言って、硬さの無くなった、自然な笑みを見せる美月。

その笑顔に励まされた気がした俺は……左手を、美月の左手に重ね。

お互いの指輪が触れ合うのを見ながら。


「——必ず近い内に、美月をもらうよ」

「うんっ、悠也にあげる。——大事にしてね？」

「それはもちろん」


自然と、そんな遣り取りが出来て。

お互いの、左手の薬指を絡ませ合いながら。

笑みを交わしながら——自然に、唇が重なった。


近い内に、また少し変わるであろう、俺たちの関係。

その事に少し、不安はある。

だけど美月となら大丈夫だと、心から信じられて。

そして……それは美月も同じだと信じられる。

こんな関係がいつまでも続いて欲しいと願い――続くと信じられた。

「――あ、そうだ。ねぇ悠也？　結婚する時は――例の『給料3ヶ月分』を、新しく買うんだよね？」

「……うん？　まぁ、そのつもりだけど？」

「――じゃあそれまでに、世帯収入をガッツリ上げとかないとね♪」

「おいくらのを買わせる気⁉」

……いや、照れ隠しなのはわかってるけど。

美月さん、あなたはオチを付けなければ気が済まないのでしょうか？

P.S.
『給料3ヶ月分』って、本当に3ヶ月分使うんでしょうか……？

あとがき

ご挨拶の前に、少しタネ明かし（？）を。

お気付きの方も多いでしょうが。終章まで読んでいただいた後で表紙を見ると、いろいろと発見があるかと思います。

具体的には――シチュエーション自体もですが、左手と机の上にもですね！

ラノベじゃないと出来ない（やり難い）事をやってみたいと思い、試してみました♪

少しでも驚いたり、楽しんでもらえたなら嬉しいです。

というわけで。緋月 薙です。今作を読んでいただき、ありがとうございます。

さて、今巻の内容についてですが――うん、甘いですね！

……だって。もうコイツ等にブレーキ掛けるのは諦めました！　いっそアクセル全開で行ってもらおうと、開き直った結果がコレです。

今回の目的は、２人に一線を越えさせる事――ではなく、明確に美月の『スイッチ』を入れる事だったりします。

そのため、舞台の季節も合わさって……美月さん、とってもエロいですね！（笑）

今後も続編を出す事が出来たとしても、多分この巻が一番エロいのでは……と？

――あ。甘さの方は、まだ上げられますよ？

今回で美月のリミッター外れましたし、むしろ色々書きやすくなりそうで。

だから、次も書きたいなぁ！（↑編集部の方に思念を送りながら）

いっぱい売れると次も出せるのになぁ！（↑『読者様に届け！』と思念を込めて）

……こんな露骨なコトやっていると担当様から『めっ！』って言われるので、次の話。

サブカップルたちのお話ですが――まずは伊槻ご夫妻。

前巻では年長者らしい大人の振る舞いをした伊槻お兄さんですが、今回は相当にやらかす一面を出してみました。

このご夫妻、伊槻の方がしっかりしている様に見えて、実際は『どっちもどっち』。

だからこその――前巻の『第一部』と今巻の『第二部』があるわけで。

ちなみに。この2人のネタ、第五部くらいまではあります。(笑)

次は――馴れ初め話を披露した、大河&雪菜カップル。
この2人の設定は最初からありましたが、一歩間違えると主人公組の影が薄くなるので、今まで語れなかったという――まぁ、いろいろと重い2人です。(汗)
仲の揺るぎ無さは、ある意味では悠也&美月組より上ですねぇ。
『運命の赤い糸』が縄なみの太さで、雁字搦めになっている気もしますが……。

そして1巻からの再登場、安室&美羽カップル(?)。

なんだか覚悟決めちゃった風味というか、症状進んじゃったというか……な安室くんと、相変わらず侮れない幼女な美羽ちゃん。

基本的に、私が書くロリっ娘は強キャラです。


一応、今作の全サブカップル達の大まかな過去・裏話も決めてあって。

それぞれの話を『コメディ：シリアス』で表すと――
・大河&雪菜＝2：8　『ヤンデレがオチ』というだけで、かなりシリアス寄り。

・安室&美羽＝４：６　『だけどロリである』がオチの、美羽ちゃん無双なお話。
・伊槻&透花＝５：５　天然マイペースの伊槻とツンデレ透花さんのラブコメ。
・風紀委員組＝９：１　ドMとドS組に、シリアスなんて期待します？
機会があれば、ここら辺のお話も書きたいなー。

どうですか、ＨＪ文庫編集部の皆さま⁉（いよいよダイレクトな売込み）

では、最後に謝辞を。

今回も色々とトラブル等でドタバタしましたが、根気よく作業に付き合ってくださった担当Ｓさまと、ＨＪ文庫編集部の方々。

今回もスミマセン&お疲れさま&ありがとうございました！

こちらの体調に関しては改善の目途が立ったので、今後はマシになるかと……。

こんなご時世ですので、皆さまも健康にはお気を付けください。

今回も素晴らしいイラストを描いてくださった、ひげ猫さま。

表紙絵のネタも含め、かなり厄介な類の依頼だったと思うのですが――期待を遥かに超えるイラストを、ありがとうございました！

特に表紙絵は、場面を提案した私ですら『エッッ』（↑ネット用語的な用法）と度肝を抜かれ――本気でテンション爆上がりしました！

ひげ猫さまの協力が得られた事は本当に幸運だったと、心から実感しております。

そして――読者の方々。

皆さまの応援のお陰で、今巻を出す事が出来ました。本当にありがとうございます！

引き続き不穏なご時世ですが、そんな中で今作が少しでも癒しになれたのなら、楽しんでいただけたのなら、本当に光栄に思います。

どうか皆さまも、心身ともに健康にはお気を付けください。

また近い内に、笑顔でお会い出来る事を祈ります！

1月下旬　緋月　薙

HJ文庫 https://firecross.jp/
991

幼馴染で婚約者なふたりが恋人をめざす話 3

2022年3月1日　初版発行

著者——緋月 薙

発行者—松下大介
発行所—株式会社ホビージャパン

〒151-0053
東京都渋谷区代々木2－15－8
電話　03(5304)7604（編集）
　　　03(5304)9112（営業）

印刷所——大日本印刷株式会社
装丁——coil／株式会社エストール

乱丁・落丁（本のページの順序の間違いや抜け落ち）は購入された店舗名を明記して
当社出版営業課までお送りください。送料は当社負担でお取り替えいたします。
但し、古書店で購入したものについてはお取り替えできません。
禁無断転載・複製
定価はカバーに明記してあります。
©Nagi Hiduki
Printed in Japan

ISBN978-4-7986-2761-8　C0193

ファンレター、作品のご感想
お待ちしております

〒151－0053　東京都渋谷区代々木2－15－8
(株)ホビージャパン HJ文庫編集部 気付
緋月 薙 先生／ひげ猫 先生

アンケートは
Web上にて
受け付けております

https://questant.jp/q/hjbunko

- 一部対応していない端末があります。
- サイトへのアクセスにかかる通信費はご負担ください。
- 中学生以下の方は、保護者の了承を得てからご回答ください。
- ご回答頂けた方の中から抽選で毎月10名様に、
HJ文庫オリジナルグッズをお贈りいたします。

HJ文庫毎月1日発売！

異端な吸血鬼王の独裁帝王学
～再転生したらヴァンパイアハンターの嫁ができました～

著者／藤谷ある
イラスト／夕薙

最強の吸血鬼王が現代日本から再転生！

日光が苦手な少年・来栖 涼は、ある日突然異世界へ転生した……と思いきや、そここそが彼の元いた世界だった！「吸血鬼王アンファング」として五千年の眠りから覚めた彼は、最強の身体と現代日本の知識を併せ持つ異端の王として、荒廃した世界に革命をもたらしていく――！

発行：株式会社ホビージャパン